EL QUEBRAR Y SANGRAR DE UN HOMBRE MACHO

FOBIA DE LA VIDA

ISABEL DELIA GONZALEZ

Traducción de Gloria Schaffer Meléndez, Ph.D.

Dibujos de Alexa Dendy

Copyright © 2018 by ISABEL DELIA GONZALEZ
Impreso en los Estados Unidos de América. Todo derecho reservado.
ISBN 978-1889379-XX-X
Aunque se ha tomado cada precaución, el autor y el editor niegan cualquier responsabilidad de los errores u omisiones, o por los daños que resulten del uso de las informaciones contenidas.

WPR BOOKS: Helping Hands
624 Hillcrest Ln, Fallbrook, CA 92028
760-579-1696   kirk@whisler.com

ÍNDICE

Agradecimiento

Gracias especialmente a:

Stella Gilbert
Carol Huffman
Mary Huff
Katherine A. Díaz
Dibujos de Alexa Dendy
Gracias a Homero González por haber donado
la foto de la portada

Otras fotografías son de:
Robin Lea Collins, Presidente & Fundadora
Heritage Discovery Center/RANCHO Del SUEÑO
Equine division of HDC
40222 Millstream Lane
Madera, California 93636, USA
www.ranchodelsueno.com
hdcincrlc@aol.com

DEDICACIONES

Para David, el entusiasta constante

Para mi mamá y mi papá quienes siguen amándome

Para Judith Campbell, M.D.– Portadora de la Verdad

Para mi valiente hermana Nelly

Para el compadre Rudolph Abundis, quien ha hecho posible que familias mexicanas hayan realizado el Sueño Americano

---

Antes del Quebranto Va La Soberbia,

Y Antes de la Caída, la Altivez de Espíritu.

Proverbios 16:18 (CEB)

El Objetivo de la Vida no es Estar al Lado de la Mayoría

Sino Escapar de Encontrarse De Entre los Dementes.

Marcus Aurelius Antoninus Augustus
AD 121 - AD 180

INTRODUCCIÓN

SU ÚLTIMA CAMINATA

Su padre le hizo entender que no quería interrupciones. Quería hablar inglés. No tenía que pedir disculpas. Como su hija. Le bastaba con saber que él ya no se comparaba con otros. Las imperfecciones no le importaban en cualquier idioma. Comenzaba y se paraba, y en su manera de hablar podría dar vueltas. Sin embargo, se le entendía. Después de haberle escuchado durante toda la vida, se daba cuenta de que por fin había cobrado confianza.

Caminaban tomados del brazo y ella se preguntaba si aguantaría caminar bajo todos los árboles paraguas que parecían llegar más allá del horizonte.

Su padre comenzó a contar su historia.

Atentamente,

Isabel Delia Gonzalez

1. Israel Guerra and Isabel Guerra [Benavides]

- **Romulo Guerra** — 22
- **Angelita** Guerra [Cadena] — 23
  - **Andres** Guerra (adopted) — 18
- **Josepha** Guerra (adopted) [Garza (adopted)] — 19
    - **Israel Guerra** — 8
- **Fernando Benavides** — 24
- **Francisca Benavides [De Los Santos]** — 25
  - **Juan Benavides** — 20
- **Romulo Guerra** — 26
- **Angelita** Guerra [Cadena] — 27
  - **Maria** Benavides [Guerra] — 21
    - 2... **Isabel** Guerra [Benavides] — 9

Children of Israel Guerra (8) and Isabel Guerra [Benavides] (9):

- **Ignacio Guerra** — 3
- **Alfonso Guerra** — 4
- **Gertrudis** Flores [Guerra] — 5
- **Ricardo Guerra** — 2
- **Israel Guerra** — 7

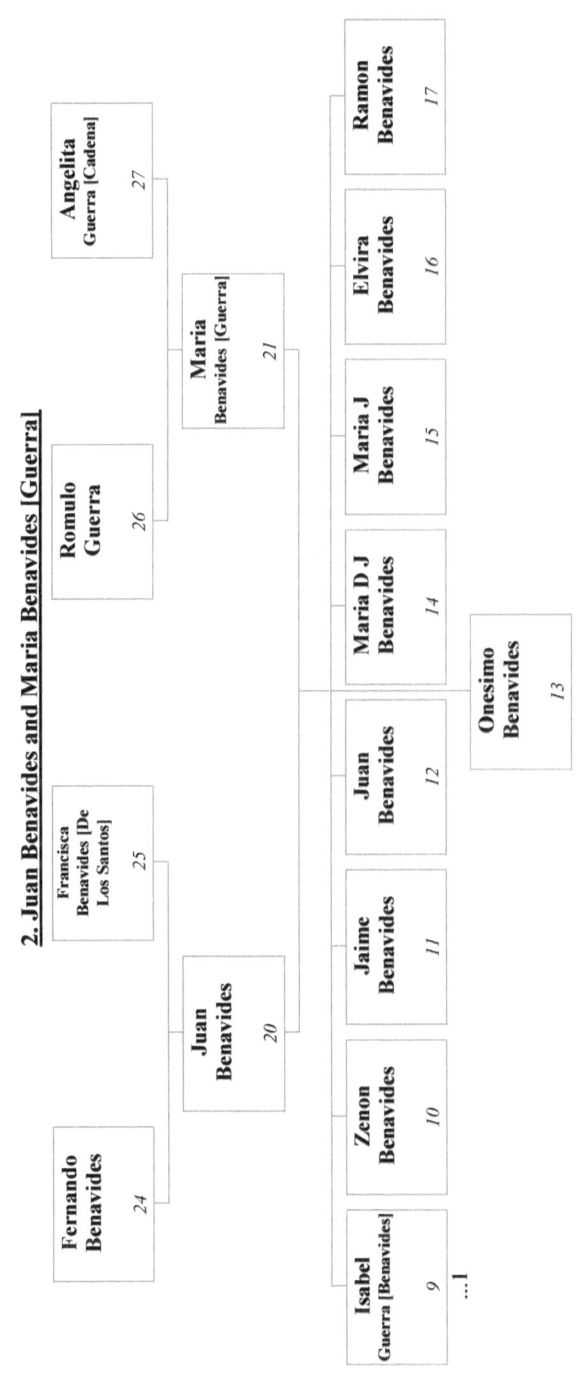

2. Juan Benavides and Maria Benavides [Guerra]
Fernando Benavides
24
Francisca Benavides [De Los Santos]
25
Juan Benavides
20
Romulo Guerra
26
Maria Benavides [Guerra]
21
Angelita Guerra [Cadena]
27
Isabel Guerra [Benavides]
9
...1
Zenon Benavides
10
Jaime Benavides
11
Juan Benavides
12
Maria D J Benavides
14
Maria J Benavides
15
Elvira Benavides
16
Ramon Benavides
17
Onesimo Benavides
13

Capítulo 1

"¡Ricardo, Hijo Mío, Tu Mundo te Espera Más Alla del Horizonte!"

Tuve que creerle: nací bajo las estrellas

Nací en una noche fría, el 20 de enero de 1928, mientras mi madre se recostaba en la tierra bajo un pobre cobertizo, mirando las estrellas. No sufrió ningún dolor cuando salí de su vientre para entrar en un mundo donde iba a encontrar a los otros que me habían precedido. Hija mía, tu abuela se llamaba Isabel, pero otros que la querían le decían Chabelita. Con la matrona habían salido para la granja de tu padre, pero sabían que la choza no ofrecía ninguna privacidad. No quería que yo comenzara la vida entre el caos; por lo tanto, agarrada de la tierra, me dio un comienzo tranquilo. Tenía tanta fuerza de voluntad como una yegua salvaje que sólo mi padre, Israel, podía domar.

La matrona, Gregoria, ya había parteado a dos hijos anteriormente, Ignacio y Alfonso, y una hija, Gertrudis, todos recibidos a la luz de una vela. Después de terminar con todo lo necesario, la matrona me alzó con lo brazos extendidos hacia el cielo oscuro. Mi madre siempre decía que yo sería el único nacido bajo las estrellas.

Mi padre sabía ante de acostarse con mi madre por primera vez que ella daría a luz hijos fuertes. ¿Cómo podría haber adivinado eso? Mi padre sabía tantas cosas acerca de mi madre, acerca de las mujeres, No estoy seguro dónde puede haber aprendido tantas cosas. Pocas veces hablaba sobre cómo se había enamorado de ella. ¿Es que la amaba o tenía el deseo de adquirir su espíritu? Eso me preguntaría muchas veces. Es cierto que los hombres del pueblo y de las granjas del área supieron de su belleza y de las baladas de amor campestre que cantaba mientras trabajaba en los campos o cuando mataba un animal. Pero era mi padre el que quedó impresionado cuando los dos trabajaban lado a lado en los campos de caña en la granja de su papá. Le dijo que todo el mundo sabía que era bella. Sabía él que sería una gran ventaja tener a una mujer como ella. Alababa su fortaleza mientras le recordaba que al mismo tiempo era débil, como todas las mujeres.

No ves, hija, que las familias de mis padres estaban felices con tal unión, porque las dos casas estaban ligadas por la historia. La madre de tu abuela, María Guerra, y tu bisabuelo Andrés Guerra, eran hermanos. Las casas eran las de Guerra y de Benavides . Mi abuelo Andrés era hijo adoptado, así que las dos casas estaban ligadas por nombre, no por sangre. La fuerza de la sangre de mi padre y de mi madre corre por todo mi ser, así por el tuyo, hija. No hay alternativo. Esta mezcla de la sangre se puede trazar desde el primer hombre.

El primer recuerdo que tengo de mi madre era cuando me metió a la cabeza una idea extraña. Me susurraba al oído que yo era más que un granjero. ¿Qué más podría ser? Le preguntaba. "El hombre nace con una libre voluntad," me contestaba. "Tu padre va a intentar seducirte para que creas que llevas la tierra dentro de ti. Te va a abrazar, sin dejar que pases sobre el umbral que lleva al gran mundo fuera de la vieja cerca. Va a tratar de convencer a todos sus hijos que más allá de la cerca hay personas maléficas. Va a intentar confundírte y decírte que sólo los Guerra y los Benavides pueden entrar a esta tierra; que los otros sólo traerían sus celos y que codiciarían lo que es legalmente nuestro."

Gertrudis, mi hermana, no esperaba recibir tierras de mi padre porque tenía tres hermanos quienes, ella pensaba, eran más importantes. Era posible que su padre cambiara de parecer. Era su derecho. La tierra era suya para que pudiera disponer de ella como quisiera, para regalar según sus deseos, y Gertrudis tenía una cualidad muy valiosa que a la larga iba a desaparecer. Era su belleza. Yo quería pensar que lo que se llevaba por dentro un ser humano era más importante que lo que el ojo revelaba. Creo que los ciegos tienen un sentido de estas cosas que les trae un gozo constante.

Cuando era niño, a veces me perdía y no sabía cómo entrar en mis sueños. Me daba cuenta de que los espíritus de los indios se paseaba alrededor de nuestra choza. Nos enseñaban que ellos podrían chupar el aliento y hacernos morir, y con razón, porque la tierra en que dormíamos se la habíamos quitado a ellos. A mi manera de niño quería razonar con esos espíritus. ¿Cómo se comunica con los espíritus? me preguntaba. Quería mandarles a que volvieran adonde fueron enterrados, que dejaran tranquilos a lo niños inocentes. Más que a nadie ni a nada, la madre tierra nos quería a los niños. "Muchos de los indios murieron a causa de la difusión del mal aire, la viruela," decía mi madre. Ella era del mundo real que yo veía, pero también sentía la presencia de los que habían muerto. Estaba estrechamente enlazada con la sangre derramada en la tierra de su padre. "Los indios tendrán su venganza," susurraba. Le daba miedo esa idea.

Mi primer año fue la más feliz. Mamaba del pecho de mi madre; sentía su abrazo abrigador y dormía junto a ella y a mi padre. Nunca voy a olvidar la fragancia de ella mientras dormía a su lado; me acompaña en mis horas de soledad. Siempre me acuerdo de ella como una mujer sencilla, con el espíritu de una yegua salvaje. Claro que eso era antes de que mi padre le infectara la mente.

Apenas cumplí los dos años cuando mi padre comenzó a decir que ya era tiempo para mandarme a vivir con mis abuelos Benavides, Juan y María. Mi madre ya estaba lista para resumir su lugar trabajando al lado de él. No me abandonaba. Las estrellas nos iban a hablar, declaraba mi padre. Iba a una casa llena de mujeres de la familia de ella quienes me cuidarían. "Mira, que tus otros dos hijos están gozando de perfecta salud; a ellos también los mandamos fuera." Era su manera, a la que mi madre llegaría a acostumbrarse.

Mi madre ahora quedaba libre para volver a lo que a mi padre le obsesionaba: la adicción a lo que él consideraba el propósito de su vida: la granja. Sólo las manos de ella cavando a su lado le relevaba de su compulsión.

Mandado a vivir con El Abuelo Juan y La Abuela María

Cuando me mandaron a vivir con los padre de mi madre, el abuelo Juan y la abuela María Benavides Guerra, fue cuando me di cuenta de que existía un mundo fuera de la granja de mi padre. Es importante observar que cuando una puerta se cierra, otra se abre. Mi abuelo tenía una granja con un gran terreno donde cultivaba caña de azúcar, algodón, frijoles, maíz, y frutas y vegetales, todos con sus nombres que no me interesaban. Supe que la abundancia era gracias al tortuoso y ancho arroyo que oscurecía a tierra y la hacía fértil. Claro que el abuelo hablaba a la tierra, alentándola, reconociendo que el hombre no puede contender contra la naturaleza. Los dos dependían de las lluvias.

El abuelo Juan había heredado la tierra de su padre, y éste lo había adquirido de la misma manera. El abuelo me había contado que la pasaría así también a sus propios hijos. Me decía que su hijas se casarían, ojalá con alguien como mi padre, don Israel Guerra. Los hombres que tenían un futuro seguro eran los con título de su tierra y acceso al agua que Dios ha proveído, y tenían muchos hijos. Claro que él era un hombre viril; había producido nueve niños. Si muriera la abuela María, podría siempre tomar otra esposa y agregar más hijo a esa nueva rama.

Ni loa abuelos, ni sus hijos y sus nietos, mis primos, nunca hablaban del dinero. Mi abuelo sí hablaba del gobierno corrupto, y que el hombre común sin título a sus tierras sólo podría llorar, pero no por mucho tiempo. Tenía que sostener a su familia. Los espíritus de los muertos le recordaban continuamente al abuelo que sin el documento que garantizaba el título de su tierra, dejaría de estar en harmonía con sus antepasados, los que estaban enterrados en el cementerio. Las disputas eran para los vivos; los muertos ya habían pagado sus sobornos y sus deudas.

Al parecer, mis abuelos no estaban en mejores condiciones que la mayoría de la gente que seguía los caminos del expansivo campo o en el pueblo. A veces me tocaba visitar fuera de la granja cuando mi abuelo tenía asuntos privados y me llevaba con él. Mi abuela le prohibió levarme a la cantina, donde ella sabía que compraba tragos para todos los que le respetaban; él quería pensar que eso incluía a todo el mundo. Claro que eso no era la verdad. Tenía la costumbre de toser brevemente al observar que los ojos de los envidiosos le fijaban la mirada. Decía que estaban tratando de ahogarle.

La gente del pueblo decía que todo lo plantado en las tierras del abuelo estaba bendecido por la Virgen. Pero mi abuelo contestaba que, "Los premios del trabajo justo son la honra, el provecho, y el gusto." Me dijo, "La Virgen está demasiado ocupada ayudando a los que no pueden cosechar ni un grano de maíz." No decía esto delante de mi abuela, quien, como mi madre, rezaba diariamente a la Virgen ante su pequeño altar. Si acaso rezaba para que mejorara su vida, yo nunca lo vi con mis propios ojos. Yo no sabía rezar a nuestra Virgen, pero al arrodillarme al lado de la abuela, de repente me salían las palabras, "ayuda, muestranos el camilo, protégenos." Repetía lo que había escuchado de la abuela al fijar la vista en la pequeña estatua de la Virgen.

Mi vida era mejor con el abuelo Juan y sus historias de batallas. Hablaba de la expulsión de los españoles de tomar las tierras de la iglesia Católica. Era una conversación fascinante comparada con las de mi padre, quien hablaba de los animales que había que matar, los cerdos para comprar, y el toro que se aprovechaba de las vacas de otros dueños, por lo cual le pagaban muy bien. A mi padre le gustaba recordarnos a nosotros, y a todos los demás, que no toleraba los buenos esfuerzos. O nos decía, "Garañón que no relinche, que lo capen." Había que echar al obrero que no trabajaba. No es que mi padre no tuviera piedad. Si un animal se volvía cojo, lo mataba de inmediato para que no sufriera. No quería ver a ningún animal ni a ninguna persona morir lentamente. Nunca se refería a sus aventuras cuando tomaba los caminos a Oregón. Eso había sido sólo un paso hacia el futuro. Sus sueños no se enfocaban en Oregón. No hubo batallas dignas de mencionar. Mi padre, don Israel Guerra, no era capaz de forjar una historia épica, ya que el solo propósito del hombre era producir algo para ser consumido or el hombre. ¿Cómo pudo el abuelo Juan estar tan orientado hacia las estrellas y don Israel Guerra estar tan firmemente plantado en la tierra?

Yo siempre he preferido creer que hay más aventuras que fracasos en la vida. ¿No es mejor pensar, cuando el cuerpo y la mente son débiles, que hay una gran caída de agua que cascada sobre un precipicio desde el punto más alto de los cielos? Mi padre nunca podría creer eso. El era de una sola dimensión...bien podría haber sido un hombre de madera.

CAPÍTULO 2

EL TIEMPO DE LA RISA

Las pupilas de los ojos azules del abuelo estaban dilatadas y la saliva le salía de la boca a medida que sus recuerdos lo intoxicaban. Al mirarle a los ojos, yo trataba de encontrar a su Dios. "Sólo Dios podría conservar la sangre española para que la mezcla inevitable no la contaminara totalmente," declaraba. Y solamente podría esperar que sus hijos contaran a sus nietos del largo viaje sobre el mar de sus antepasados, de la caminata interminable desde Veracruz hasta las glorias de Monterrey, a Cerralvo y finalmente a la colonización de su destinación final, una población española. Dios le había concedido, gracias a su padre, una estatura alta que representaba la larga línea de la nobleza española, al mismo tiempo que el paladar atraído por el alcohol lo había heredado, por supuesto, por el lado de su madre. Ella había sido débil, como toda mujer, aunque demostraba una chispa de la testarudez del español.

Las historias del abuelo Juan se basaban sobre sus hijos y los hombres quienes los habían precedido. Las historias de sus hijas eran iguales a las de las mujeres de previas generaciones. A veces se morían en el parto. "La muerte era algo heroico; después de todo, eran reemplazables," solía decir.

Otra historia se trataba de su hijo Ramón, el que había muerto en el camino a General Treviño. Ramón y su hermano Jaime salieron en busca de un doctor que curara a aquél de un mal que no podían identificar.

Estaba desesperado y apenas respiraba. Los dos bueyes que tiraban la carreta no podrían avanzar con bastante rapidez, y Ramón murió con una lluvia tormentosa; su hermano tuvo que cavar la tumba al lado del camino. Al volver, el abuelo le grito a Jaime, "Y alguien ha colocado una piedra sobre la tumba de mi hijo?" De inmediato una de sus hijas, María de Jesús, María Josefa, o Elvira, gritó, "Sí, papá, hay una piedra en la tumba." Entonces respondió el abuelo, "Pues, supongo que una piedra será suficiente." Todos estábamos conscientes de lo que creía el abuelo: cuando muere una persona, no había necesidad de más que una pequeña lápida para marcar el lugar de descanso. Los únicos que construirían un monumento eran los que no habían prestado atención al muerto en vida. Todos los que entraban en las tierras de mi abuelo sabían que Jaime enterró a su hermano sin marcar su sepultura.

Al tocar el lado de la cabeza, el abuelo Juan siempre decía que mi padre era muy aburrido. Le faltaba imaginación. La culpa no era suya, pues no tenía cuentos que compartir. Su padre, don Andrés Guerra, no tenía historia. Hubo demasiados hijos bastardos que sobraban de la revolución y de los franceses que llegaron para documentar las atrocidades de la revolución, y eso era cierto de mi abuelo Andrés. A pesar de que podría parecer ser de la aristocracia, era un niño sin historia.

Al llegar el atardecer, el abuelo Juan, apenas sobrio, tomaba su lugar cerca de la hoguera con mis tíos y mis primos, fijándose en el fuego con sus chispas rojas y azules y el humo negro que se elevaba hacia el cielo iluminado por las estrellas. Seguro que se daba cuenta de que su familia, todos los que ya habían escuchado sus cuentos locos, se quedaban sólo para hacer acto de presencia. Poco a poco se retiraban al sector de las recámaras dentro de la que no era más que una choza. Sin embargo, cuando el abuelo se refería a su hogar, uno pensaba que era un castillo. Decía con orgullo, "La casa construida por los Benavides se quedará por toda la eternidad."

El abuelo Juan tenía profundidad, pero sus hijos no la sentían porque sus palabras siempre salían en el estupor de la borrachera. Su prole sabía que este hijo de españoles nobles se volvía animal salvaje, y que había que atarle cuando el alcohol lo dominaba. Onésimo y Jaime siempre se quedaban hasta el final, mostrándole así a su padre algo de respeto. No les gustaba que gastara en tequila, pero ¿qué podían hacer? Aun un hombre inteligente como su padre tenía sus debilidades. Un hombre necesitaba el honor y respeto de los demás. A medida que yo observaba al abuelo Juan, me daba cuenta de que le molestaba cuando sus hijos no le brindaban respeto. Me preguntaba si ellos llegarían a saber que el exceso de orgullo en los hombres o el exceso de virtud en las mujeres no garantizaba el respeto ni la felicidad.

Aunque yo había escuchado los cuentos del abuelo desde que me acuerdo, nunca me cansaba de oírlos. Contaba de los espíritus de los indios que vagaban por todo México, flotando sobre las tumbas de los españoles que estaban cerca de las iglesias Católicas. Se habían comprado esos sitios. Una donación caritativa determinaba quién entraría primero en el reino de Dios. Los indios querían perseguirles por todos sus homicidios, su robo de las tierras, y el tomar a las mujeres indias para engendrar hijos ilegítimos que ocuparían el país entero. "Al diablo con los españoles; mírame a mí," decía el abuelo, "Los indios me van a perseguir sólo por la sangre española que llevo." Pausaba y miraba hacia el horizonte como si esperara que un indio cayera del cielo con la intención de matar a uno de sus hijos.

El abuelo Juan era alto de estatura, fornido como un toro, con ojos azules y pelo rubio, con la piel blanca por debajo del cuello. Los puntos de sus bigotes se apuntaban hacia el cielo, y me permitía tocarlos y tirarlos. Lo más notable de la abuela María eran sus brazos largos; estaban mal proporcionados con su estatura baja. Los años de dar a luz a tantos hijos la dejaron con el estómago hinchado, de manera que su vestido desgarrado y gastado subía por sobre las rodillas, aunque atrás le llegaba a los talones. No era hermosa, pero sus ojos oscuros eran suaves cuando hablaba.

En su juventud la abuela María se consideraba afortunada por haber llamado la atención a un hombre tan guapo como el abuelo Juan. Tiene que haber tenido una belleza o una fortaleza, se decía, porque no tenía ni dinero ni tierras. Tal vez él pensaba que ella podría proveerle de hijos saludables quienes podrían trabajar a su lado en los campos.

Se podría decir que la abuela era esclava. Maldiciones y palizas eran cosa de todos los días. Claro que ella podía decir que era su esposa; sin embargo, era esclava. Ya no le tenía miedo al abuelo porque sabía lo que se esperaba de él. No se consideraba sin pecado, pero tampoco se consideraba víctima. Quería pensar que sus hijos heredaban lo mejor de los dos. Pero detrás de esos ojos oscuros, uno sólo podría imaginar lo que había aguantado al vivir con el abuelo Juan. Como niña, ella había escuchado contar, de su familia y de otros, que el abuelo Juan era hijo de don Fernando Benavides, hombre de tierras. Era el joven que heredaría tierras extensas, y lo de sus borracheras se había escondido entre las ramas del árbol de familia.

Y ahora los tíos sólo decían en voz baja que el abuelo Juan ya había traspasado los límites, y que ahora no podría ser responsable de los dineros. ¿Cuál de entre ellos haría frene a su padre? ¡Ninguno! De repente, la abuela María gritaba, "¡Eres un borracho inútil!" Después corría a esconderse en cualquier parte, con la esperanza de que a su regreso el abuelo estuviera apático o bien en una coma. Se sentaría a la entrada de su hogar esperando a que el abuelo se tumbara, y que sus hijos lo recogieran para llevarlo a la cama que había hecho con sus propias manos.

CAPÍTULO 3

"HAY UNA PALABRA QUE NOS LIBRA DE TODO EL PESO Y EL DOLOR DEL MUNDO: ESA PALABRA ES AMOR." ~ SÓFOCLES

SU TOCAYO

Hubo otra tarde en que, con el chisporroteo del fuego en el hogar, y con los ojos inflamados, contaba sus cuentos. Uno se trataba de su hijo Juan. Un gato montés se había instalado cerca de la granja. Tragaba entero a una gallina, escupiendo las plumas. El animal monstruoso era capaz de atacar a un niño o aun a un hombre o una mujer. "Un día mi hijo se me acercó llorando, resuelto a perseguir y matar al gato montés y traer el cadáver de vuelta para que sirviera de comida para los buitres. Así los buitres tendrían una gran fiesta, y cobrarían fuerza. "

Aunque tenía sólo quince años, su hijo era puro de corazón, y todavía no conocía la maldad. Juan salió de la granja sin más que su machete y un frasco de agua. Pasaron dos días. A mi abuelo eso no le preocupaba, ya que no era nada nuevo que su hijo saliera a la caza, Sin embargo, la segunda noche, sabia que su hijo estaba muerto. En la tarde del tercer día, un forastero llegó a la cerca con su carreta, y en la parte de atrás yacía Juan. Estaba boca abajo, y cuando el abuelo le dio vuelta, se fijó que tenía los intestinos fuera del cuerpo, y que estaba cubierto de sangre seca, desde la cabeza hasta los pies. El forastero le había encontrado mientras buscaba lena para su chimenea. El abuelo tuvo que pensar rápidamente; ¿tendría malas intenciones este forastero? Claro que no podía negar a su hijo, así que abrió la reja. El viejo pidió disculpas por traer a su hijo en esas condiciones, pero estaba seguro que el abuelo quisiera proveer un entierro digno para el joven. Yo quería preguntarle cuál era el espíritu que le había inspirado al viejo a traer a su hijo hasta la reja, pero tenía miedo de hacer la pregunta .

Quitó a su tocayo de la carreta. Le dio las gracias al viejo, y le dijo que sacara de su tierra toda la leña que cupiera en su carreta. La abuela María limpió a su hijo, devolviendo los intestinos a su lugar lo mejor que pudo, y lo enterraron vestido de un traje, corbata y zapatos nuevos de cuero. Se enterraría en una caja de pino sin su querido sombrero viejo. Su tumba estaría en el cementerio católico junto a otros respetados miembros de la comunidad. Su lápida estaría inscrita sólo con su nombre, la fecha de su nacimiento y la de su muerte.

Los cuentos del abuelo de los "mal puestos", o espíritus malos eran increíbles, pero cuando llegué a la edad de llevar a las cabras a la pastura, veía con mis propios ojos, al otro lado de la cerca, animales muertos que no tenían ninguna herida ni un hueso quebrado. ¿Los habrían muerto los espíritus? Todos hablaban de los espíritus malos, hasta mi madre. Sin que yo supiera, ella siempre se había quedado bien con la brujela, la que nos podría traer muchas problemas en cualquier momento. Esa mujer parecía estar en todas partes, pero ¿de dónde vino por primera vez? La gente decía que era como una planta rodadera que llevaba el viento por dondequiera. Desgraciado sería la persona que le abriera la puerta. La brujela podría encontrar alguna necesidad de revelaciones, y conjuraba varias maldiciones sobre otros para satisfacer la envidia de alguna persona.

Yo deseaba que las historias del abuelo fueran verdaderas. Mi madre, sin embargo, no le creía a su propio padre. "No había un gato montés que comía a los niños," decía, Su hermano Juan había llevado a las cabras a la pastura; se había subido a la cerca y, cayéndose sobre su machete. Se había muerto por accidente. Esto es lo que pensaba ella.

"No crean las historias de su abuelo Juan," decía mi madre. "Su padre, don Fernando, y su abuelo le habían contado esos cuentos heroicos. La historia del barco que llevó a sus antepasados sobre el mar, sobreviviendo toda la familia Benavides, no es la verdad. Hubo enfermedades, y muchos murieron. Absolutamente mentiras. Todos vamos a ser condenados por perpetuar tales mentiras." Eran pocas las veces que vi a mi madre ponerse tan agitada y con la cara inflamada..

El abuelo Juan no quería que se le ocurriera a ninguno de su hijos a abandonar la granja. La única excepción era Zenon. El abuelo no podría negar a su hijo mayor, el que actualmente estudiaba en una escuela privada lejos del pueblo. El había declarado hacía tiempo que no tenía interés en la tierra ni en la caña.. Los hermanos de Zenon no protestaron. Todos estaban en sus cabales, y cada uno perseveraba, empleando las habilidades que habían adquirido por medio de sus desilusiones. Pensaban que estando bien con su padre heredarían las tierras, la molina de caña, los caballos, y el dinero que éste tenía escondido en varias partes de la propiedad.

Con el tiempo el abuelo llegó a creer que Mentura Garza, el asesino local contratado, le había quitado la vida a su hijo, y no un animal salvaje. Era posible que el abuelo hubiera ofendido a otro hombre en la cantina, o que hubiera mostrado una falta de respeto a la esposa de algún hombre. Todo el mundo sabía que los cadáveres que se encontraban tirados en lugares extraños eran el resultado de asesinatos y venganza. El abuelo no se acercaría nunca, ni pronunciaría el nombre de Mentura Garza, pero a medida que avanzaban los años perdió la habilidad de controlar lo que sentía en el corazón. Al acercarse al final de su vida, sabiendo que moriría de la vejez, deseaba confrontar a Mentura Garza. Pero ya era tarde. Alguien lo había fusilado a don Mentura.

CAPÍTULO 4

"LO QUE NO BENEFICIA LA COLMENA NO PUEDE HACER BIEN A LAS ABEJAS." ~ MARCUS AURELIUS

EL QUÉ PERSERVERE TRIUNFA

Cuando yo era niño, y después como hombre, me fijaba en que todos nos parecemos. Hubo tías, tíos y primos que tenían una mezcla de ojos color azul y café oscuro, y el color de nuestra piel varía entre el bronce y un blanco opaco. Se entendía que todos los que rodeaban la fogata trabajaban la tierra. Había mejores y peores entre nosotros. Todos los que vivían en el área sabían que los de las casas Benavides y Guerra se conocían por sus buenas obras. Con tierras fértiles perpetuarían sus apellidos. Muchos decían que la unión de las dos casas les trajo buena fortuna. ¿Tiene su precio la buena fortuna?

En esas tardes en que el abuelo Juan contaba sus historias y gritaba las obscenidades de un borracho, no huo conversaciones sobre la lluvia, ni de los puercos, ni de la caña. Creo que los otros no se daban cuenta, pero el abuelo procuraba provocar la risa, aunque fuera dirigida hacia sí mismo, para ayudarles a todos a olvidarse del día difícil que habían pasado, bajo un sol ardiente, cuando sus manos no podrían trabajar con bastante rapidez, o cuando hubo que matar a todas las gallinas para que la enfermedad no siguiera infectandolas.

En esos años, en que mi padre a veces estuvo conmigo en la granja del abuelo, siempre le mostraba respeto al viejo, pero no le gustaba como el abuelp trataba a su suegra. Mi padre decía, "El que persevere triunfa." Sin emociones continuaba, "Ella entró en este mundo sin nada, pero cuando lo deja, estará afirmada de su buen espíritu. Eso es algo que debe anticipar." No tenía nada más.

Hubo noches alrededor del hogar con la familia de mi madre, cuando chispeaban las llamas, yo me quedaba mirando hacia las estrellas en el cielo. Me preguntaba si acaso existiera algo con qué soñar que no tuviera que ver con la granja. El abuelo se había referido a un bella ciudad que encontrarías si anduvieras unas sesenta millas hacia el este. Había un palacio, jardines, catedrales, y mujeres vestidas de seda y con joyas preciosas colgando por sus cuellos; hombres con sombreros altos que sólo los ricos pudieran llevar. Había plazas que sólo los españoles pudieran haber imaginado, construidas por los indios, los que aprenderían de los españoles la costumbre de que las mujeres daban vueltas a la plaza en una dirección, y los hombres en la dirección contraria, persiguiendo a su primer amor. Pero los indios supieron con el tiempo que esto también, como todo lo demás, sería consumido. Esto era Monterrey, tan refinado comparado con el campo, donde todo llegaría a ser borroso y uno pudiera perderse en el desierto por toda la eternidad.

Las cosas se volvieron de mal en peor al pasar los años, cuando el abuelo Juan perdió todas sus tierras a una víbora. No se nos permitía repetir su nombre. Pero un día la abuela María lo pronunció en voz baja, al pedir a Dios que lo perdonara. Se llamaba Gonzalo González. Había traído una gran desgracia a la casa Benavides. Hubo varias versiones sobre lo que había pasado, pero los hijos querían tomar control de la situación y matar a la víbora. Una de las historias decía que el abuelo Juan había pedido prestado una gran cantidad de dinero a Gonzalo, la que le había pagado con la caña de azúcar a través de varios años. El abuelo nunca le había pedido recibos para comprobar que le había pagado a la víbora con sus cosechas. Así que llagó el día en que aparecieron un oficial del gobierno con la víbora, y dijeron que el abuelo le debía dinero a éste. Si no podía pagar, se tomaría la tierra y todos los animales en pago.

¿Podría haber resultado de otra manera? ¿Podría la víbora haber trabajado con mi abuelo? ¿Podría la víbora haber permitido a mi abuelo pagar su deuda y retener sus tierras? ¿Era la víbora un hombre de negocios, o había sido algo más personal? Nunca pude entender cómo el abuelo Juan pudiera hacer un error tan grande y arruinar toda la herencia. Tal vez no lo conocía en realidad. ¿Podría yo haber estado tan ciego, tan embelesado porque me había mostrado cariño?

Su hija María de Jesús y su hijo Onésimo tuvieron la suerte de que las autoridades les quitaron las armas antes de que hubiera más tragedias. El derramamiento de sangre por las propiedades serviría para calmar el corazón por un tiempo, pero eso nunca recuperaría las tierras.

Aunque el abuelo pensaba que controlaba todo, no podría evitar el llanto, así como no se mudaría de la tierra. Se rompían los corazones, y después llegó la desesperación. La familia Benavides borraría sus nombres de los registros de la historia del pueblo. Era preferible cambiar la historia antes de quedar en ridículo. El abuelo Juan volvió a su sano juicio cuando perdió la ilusión de que volvería a ser el jefe de la casa Benavides. Eso sí que era un hombre muy respetado entre los otros dueños de tierras. Sabían que sembrar las semillas del abuelo en sus tierras resultaría en una cosecha abundante. Así que volvió a trabajar la tierra. Entregaba lo justo a los dueños como les había prometido. Ahora era aparcero.

¿No sentía pesares? Cuando supo que a pesar de que los que alquilaron la tierra del canalla tenían mucho equipo moderno, no producían la miel y la leche como que él había prometido, y que cuando aparecieron plantas silvestres después de plantar las semillas en el campo, hubo un alboroto: alguien había hecho algo a la tierra. Las raíces de esas plantas silvestres se afirmaron profundamente en la tierra. No se podrían matar. Los hombres de las máquinas habían visto con sus propios ojos estos campos llenos de vida cuando la casa Benavides no era sólo este nido de pájaros a que se había reducido. Ahora sólo presenciaban la amargura de la tierra sobre la cual el abuelo había derramado tantas lágrimas. Se había arruinado.

Muchos años más tarde entré a lo que había sido el castillo del abuelo. Lo que había dicho era la verdad: todavía quedaba entero. En la casa que había onstuido para sus hijos y sus nietos, el polvo había tomado posesión de todo. Vi una silla antigua en medio de esa sala amplia. Quería imaginar que él estaba allí todavía, inclinando la cabeza para saludarme, con una risa explosiva que era tan típico de él. Estaba tan feliz de verme. Yo ya era un hombre que creía que el fantasma de que hablaba al lado de la fogata poseía la verdad. Ahora era el abuelo el fantasma que rondaba por la tierra. Lo que envida no pudo alcanzar, ahora lo gozaba en la muerte.

Me imaginaba encontrar a la abuela María, jovencita, sentada bajo el limonero al otro lado del arroyuelo, siempre observando a la distancia al abuelo siempre tan inquieto. Se le había esfumado ya todo su dolor.

Capítulo 5

De vuelta a la granja

Así que me encontraba de vuelta a la granja de mi padre. Seguía a mi madre mientras ella cumplía sus faenas diarias. A veces me llevaba sentado sobre su cadera, y siempre cantaba cantos de amor. Me enseñó sobre las gallinas y el gallo, a echar las sobras a los puercos, la jardinería, el dar de comer a los caballos, y a traer agua del estanque. Mi padre la regañaba por esa necesidad de tenerme cerca, sobre todo por llevarme, un niño de cuatro años, a cuestas. Pero yo era flacucho, y ella se preocupaba por mi madurez emocional. Me fijé que yo le hacía resaltar eso que él no había alcanzado a quitarle, su manera de amar y ver lo mejor en todo y en todos.

La observaba mientras preparaba las comidas abundantes. Para el desayuno comíamos huevos y tortillas de maíz; al mediodía era conejo o cabra, tortillas de maíz y leche fresca con café; y en la tarde comíamos arroz, frijoles y pollo, acompañado siempre de muchísimas tortillas. Podríamos tomar todo el café con leche que quisiéramos. Todos los días ella preparaba la comida del mediodía para todos nosotros y aún para los peones. A veces llevaba la comida hasta donde mi padre estaba trabajando con los peones. Cuidaba de su propio jardín, lavaba toda la ropa, y cuando se encontraba en el campo trabajando al lado de mi padre, se le notaba una calma.

No sé de dónde sacaba toda esa energía, su fuerza vital; fuera lo que fuera lo que le influía; siempre se movía más y más rápido. Miraba hacia el horizonte mientras caminaba, y de repente me tomaba en brazos. Indicando con el dedo, decía, "Allí está tu mundo" Me reía con ella, sabiendo que el hacerme llegar más allá de esa portada sería difícil. Todos los cuentos de lo malo que existía fuera de la reja eran demasiado reales en mi mente.

Los momentos favoritos míos eran cuando estaba sentado en un rincón, sobre el piso de tierra dura, observando a mi madre hacer las tortillas, insistiendo todo el tiempo que algún día yo dejaría la granja. Ella conocía el otro lado; yo no comprendía. Decía que encontraría mi lugar entre otros jóvenes que trabajaban en edificios donde llevaban traje y corbata. Tanto mujeres como hombres usaban máquinas que hacían ruidos extraños, y sus zapatos taconeaban al andar.

Ella visualizaba todo eso en la mente. Claro que yo, siendo un joven inteligente, no les hablaría a los hombres ni a las mujeres acerca de cuidar los puercos ni de cultivar el jardín. "Ellos te dirían que debes haberte quedado en el campo. Pero nosotros sabemos que eso no es tu destino."

Cuando hacía las faenas más pesadas, y el sudor le corría por la frente, y con tierra manchando su cara, yo entendía por qué mi padre le había escogido a ella como su compañera. Tenía los ojos color del cielo, labios amplios, y con la cara perfectamente ovalada. Era alta, y le miraba a mi padre directamente a sus ojos color café. Era musculosa de brazos, pecho, hombros y piernas. El abuelo Juan le recordaba a mi padre que le había entregado esta hija que era capaz de trabajar en el campo igual como cualquier hombre. Mi padre nunca disputaba esa verdad. Mi madre ya le pertenecía a él, no al abuelo

GERTRUDIS

Mi padre no tenía que preocuparse de que mi hermana Gertrudis llegara a ser solterona. Con el tiempo ella encontraría a los mejores jóvenes de las granjas circundantes, los que ya empezaban a llegar para gozar de su belleza. Mi padre se había fijado en cómo los jóvenes miraban a Gertrudis cuando llegaban a comprar un puerco, un pollo o unas cabras. Sabía que Gertrudis sería una buena inversión para cualquier joven. Tal vez debería casarse con un hombre más maduro y bien establecido, uniendo las dos casas con buenas tierras y ganado. Era demasiado pronto para saber lo que buscaba mi padre para ella. Como era la costumbre en el caso de cualquier jovencita respetable, el interesado tenía que conversar con mi padre respecto a sus intenciones honorables al hablar con mi hermana. Yo sentía pena para Gertrudis. El hecho de ser mujer no importaba; trabajaba igual como Ignacio y Alfonso. Seguía a mi madre, sabiendo que era posible que tendría que tomar su lugar en el caso de que mi madre muriera dando a luz o sufriendo alguna calamidad. Amenazaba siempre la tifus, la influenza y la mordida de alguna víbora. Me parecía que a veces la muerte ofrecía un descanso cuando una mujer sufría un dolor inaguantable. Claro que una herida era dolorosa, pero los dolores que no se veían eran igualmente agonizantes. A Gertrudis le esperaba el dolor.

A veces yo era testigo cuando Gertrudis hablaba con mi madre respecto a mi padre mientras preparaban la comida. "¿Qué tipo de hombre trata a su mujer como mula?" decía Gertrudis. Mi madre había esperado un año para mi padre porque éste fue a Oregón a talar árboles y ganar el dinero para comprar su tierra. Lo había hecho para ella y su determinación era aparente.

"¡Mírate, y la poca importancia que tienes para él!" decía Gertrudis. "¿No quieres algo para ti misma? ¿No crees que tú eres importante?"

"Claro que tengo importancia, pero no tanta como tu padre,"

"Eso es el problema," seguía Gertrudis. "Las mujeres son de igual importancia como los hombres." Como Gertrudis todavía era joven, en realidad no entendía lo que le preguntaba a su madre.

Las mujeres tenían que considerar a sus hijos. ¿Había sido una buena decisión casarse con mi padre? Gertrudis sabía que mi padre era primo hermano de mi madre. Mi madre negaba esto. Su madre, María, era la hermana de don Andrés Guerra, el padre de mi padre. Pero don Andrés era hijo adoptivo. Era hijo de un intelectual francés y una mujer de la Ciudad de México. Chisme averiguado nunca se acaba. "Puedes ver con tus propios ojos que tu abuelo Andrés no se parece en absoluto a su hermana María ni a sus otras hermanas." Gertrudis era demasiado joven para entender que toda unión entre hombre y mujer no era permanente. El abandono de un niño creaba una ambigüedad, pero afortunadamente, mi abuelo Andrés encontró un lugar permanente en la casa Guerra.

"Ahora mi vida es mejor que cuando estuve en la casa de tu abuelo Juan," le decía a Gertrudis mi madre. "Él era un borracho que malgastaba todo su dinero en licores, y que trataba a tu abuela María como esclava. Levantaba un cuchillo grande y amenazante. Mi madre decía que el hombre que pegaba a una mujer, como lo hací su padre contra su madre, no tenía redención."

"Mi consejo es que aprendas a hacer un banquete de frijoles y maíz, lo que le llenará la barriga del hombre, para que anticipe con ansias la próxima comida. No te preocupes por tener que trabajar como mula. Así es la vida. Tengo tierra: Puedo trabajarla hasta el fin de mi vida. Ya vas a ver cómo es," le decía mi madre a Gertrudis.

Y había más. "Han pasado miles de años, y nunca ha cambiado. Las mujeres engendran hijos con los hombres. Plantamos maíz para alimentar a nuestras familias cuando todo lo demás fracasa, o laboramos en los campos de otros. Tal vez tengamos la suerte de bailar o casarnos en una iglesia. Todo es posible," le decía mi madre a mi hermana.

"Vas a necesitar una familia grande para mantenerte cuando estés demasiado vieja para cuidarte a ti misma. Habrá que dormir al lado de tu esposo a pesar del dolor que sientes en tu corazón y en tu mente. No te apures. Cuando llegue el momento para casarte, yo te aviso. Antes que todo, aprende el sembrar y cosechar de los cultivos, porque de ello te vas a alimentar. Mientras tanto," seguía, "aprende de los animales también, porque te van a enaeñar mucho sobre la vida y la muerte."

Me preguntaba si Gertrudis sabía bailar. Nunca había visto ni a Gertrudis ni a mi madre dar vueltas. Sí había visto al abuelo Juan dar vueltas con una botella de tequila en la mano, gritando, "¡Soy un Benavides, soy un Baez-Benavides!"

Hija, ¿metió mi madre, tu abuela Isabel, sus sueños en mi cabeza para que me consolaran, sólo para despertarme el reclamar del gallo, encontrándome otra vez en la realidad.? Sabía que existía un mundo fuera de las antiguas empalizadas. Sin embargo, sabía también que uno podría llenar la cabeza de pensamientos de la tierra tan profundas que no habría lugar para que los sueños llegaran a realizarse Pero yo era un muchacho. Era demasiado joven como para desatar la barrera, y tenía miedo de que el mal aire afuera me tragara. Es posible que era demasiado ignorante. ¿Pero cómo era posible eso, si la gente que tenía tanta influencia en mi vida creía que esas cosas terribles eran reales?

Yo no era igual a mis hermanos Ignacio o Alfonso. Ignacio sabía que llegaría a ser pastor de cabras. Había escrito la historia de su vida con los pies firmemente plantados en la tierra. Viajaría muchas millas sin llegar a ninguna parte, saliendo y volviendo con su rebaño, dejando a las cabras que comieran todo lo que encontraban el el camino. Comprendía la diferencia cuando las cabras gritaban de miedo por una víbora de cascabel que se acercaba y cuando la madre de las cabras se ponía nerviosa al ver que una salía lejos del rebaño. Alfonso dibujaba en la tierra los caballos y de la hacienda que tendría algún día. Deseaba su propio rancho. Deseaba tierra fértil y el arcoíris.

Yo no iba a ser pastor como Ignacio. Quería arriesgarme, seguir una aventura. No quería tener a mi carga ni gente, ni animales, ni cosechas, la dependencia de las lluvias.

Como niño, quería verme reflejado en los ojos de mi padre. Pero cuando él fijaba los ojos en mí, todo lo que se veía era la ausencia de algo que se llama amor.

Capítulo 6

El razonar

Cuando llegué a la edad de razonar e intuir, conociendo la diferencia entre lo correcto y lo que no lo eras, no aguantaba ver sufrir ni a un animal ni a un ser humano a causa de un error innecesaria. Lo imprescindible para los animales y las personas era el agua. La falta de agua al animal, hacía que se le hinchara la lengua y se inquietara. La necesidad de que sobreviviera podría enfurecer a mi padre. A veces lo azotaba sin piedad. Se notaba la locura en los ojos de mi padre. Como yo todavía no tenía la fuerza del hombre, mi madre me despertaba y me apuraba, y me servía un chocolate caliente. Este acto de ternura me indicaba que se daba cuenta de lo que quería y lo que necesitaba. Siempre me advertía que hiciera exactamente lo que me pidiera mi padre. Y yo le obedecía. Si él me decía que me moviera, me movía; si me dijera que me quedara quieto me quedaba. Observaba a mi papá, y me di cuenta de que era inútil decir algo a Ignacio o a Alfonso, lo que él no toleraba. No le gustaba gastar sus fuerzas sin resultados. Todos aprendimos temprano que sus fuerzas tenían que emplearse en cultivar la tierra, ordeñar las vacas, matar los animales, cosechar, y reparar las cercas. Más que nada, luchaba contra las malezas. No había aprendido a animar a la tierra como el abuelo Juan.

Mi padre tenía unas cuatrocientas cabras, quince puercos, diez caballos, dos burros, dos bueyes, veinte y cinco vacas y y un toro, más lo que parecía ser innumerables gallinas, dos gallos multicolores, y las tierras para sembrar y cultivar. Entre todos los animales, el toro tenía una vitalidad que se sentía aún sin mirarlo. Hasta mi padre le tenía respeto y miedo. Perros y gatos tenían su lugar en la granja mientras cumplían con su parte del trabajo. Era fácil reemplazar a un perro o un gato, pero no era tan fácil reemplazar a un hombre. Todos los hombres que trabajaban en la granja respetaban a mi padre. No ganaban mucho, pero se les daba bastante de comer todos los días. Veían siempre a mi padre y a veces a mi madre, trabajando sin descanso. "¡Usted tiene una gran mujer!" le decían a mi padre. No era insulto, y él les respondía, "Ojalá que ustedes puedan encontrar a una pareja que tenga su misma visión del futuro."

Yo miraba a mi padre al levantarse para dar de comer a los caballos y las mulas. Sabía que también pondría en fila los cubos en que más tarde se vaciarían las cubetas de leche. Sabíamos que eran las cinco por sus pasos ruidosos al entrar en la choza donde mi madre preparaba las comidas. Mi madre nos despertaba a Ignacio, Alfonso, Gertrudis y a mí poco después. Mi padre se lavaba las manos primero y entonces nosotros, uno por uno, nos lavábamos las manos. Ya mi madre tenía listo el desayuno

En seguida, yo salía de la choza a la luz brillante del día, detrás de mi madre, la que iba a tender las cobijas en la linea. Ella fingía no sentir el olor de orina en la mía. Hubo accidentes cuando no me despertaba en la noche, y ella sabía que si se enterara mi padre, me echaría de la casa para dormir con los animales. Nadie me hablaba directamente del problema, fuera de Ignacio y Alfonso, los que se apretaban las narices y se reían. ¡Yo no les podía culpar!

Durante la primera comida del día, mi padre nos asignaba las faenas aburridas, según lo que pensaba que era apropiado para cada uno. Al principio mis faenas eran sencillas, como ser el dar de comer a las gallinas y al gallo. A veces me reía con mi hermana Gertrudis cuando decía que el gallo era tan confianzudo como mi papá. Con el tiempo me tocó limpiar los pesebres para que no se enfermaran los animales. Mis hermanos llevaban las cabras a pastorear o traían leña para la fogata en que se cocinaba, y después se desaparecían en el campo. Hubo mucho que aprender sobre la granja, pero yo no podía creer que eso era mi destino. Tampoco lo creía mi madre. Al trabajar a su lado, sacando maleza del jardín, no entendía cómo ella pudiera creer sus propias tonteras con respecto al mundo fuera de la palizada. Mirando mis pies descalzos, no me imaginaba llevar zapatos que sonaban al andar o ropa que no hubiera sido llevado por Ignacio o Alfonso. Era más allá del alcance de mi mente.

No demuestres dolor

Para mí no hubo juguetes, pero en un montón de leña encontré una correa de cuero atado a algo de metal, con una rueda a cada lado. Aprendí a hacerlo correr hacia adelante y atrás, y con eso me entretenía hora tras hora. Los animales no podían jugar, y yo los compadecía. A medida que avanzaban los años, a veces mis primos venían de visita, y podía jugar con ellos, pero tan pronto como mi padre se daba cuenta, me llamaba la atención. Yo sabía que si lo desafiaba, me iba a regañar y pegar.

En la granja me caía y me lastimaba con frecuencia, como lo hace todo niño. Pero nunca lloraba ni mostraba dolor, porque mi padre me haría sufrir más. Era evidente que el pegar a un niño para que aprendiera a trabajar, o porque se hubiera lastimado por accidente, sólo resultaba en el dolor y el miedo. Las verdad es que ningún ser humano ni animal merece ser azotado. Los dos son igual de nobles. Yo pensaba que pudiera enseñar a mi padre que una muestra de gratitud hacia un muchacho podría inspirarle a subir montañas; la noble vaca a producir más leche; el caballo a alargar sus pasos, y la mula a aceptar cargas más pesadas, Todos servirían al hombre con gusto si se les tratara con dignidad.

Aunque mi padre nunca me dijo nada directamente, ne fijaba en su manera de observarme. Que sabía que ya pronto tomaría mi lugar al lado de mis hermanos en el trabajo de los hombres. No había tiempo que perder cuando había tanto que hacer. Él plantaba en una sección de tierra mientras los peones cosechaban al lado de Gertrudis, Ignacio y Alfonso. Mi padre era muy inteligente; sabía cuándo plantar y cuándo dejar descansar el campo. Todos deseaban días nublados y la lluvia era siempre bienvenida.

Si llegaban las lluvias con regularidad, las vacas daban unos treinta litros de leche en la mañana y otros treinta en la tarde. Pero con demasiado frecuencia, las vacas se encontraban hambrientas, sin haber consumido bastante alimento preparado de los cactos. En esos días de sequedad se podía ver a mi padre con los peones, cortando cactos durante horas interminables. Tenían que quemar las espinas de los cactos, y eso no tenía sentido para mí. Me parecía una tontera. Se ordeñaba las vacas sólo una vez al día en tiempo de sequedad. Cualquier cosa que no fuera comido o vendido se daba a los puercos, los perros y los gatos. Mi madre hablaba de los años flacos en que los hombreas y las mujeres abandonaban los campos para buscar un lugar en que sus manos y su espalda pudieran servir para el empleo. Una cosecha abundante de otra persona era una bendición para todos. Era bueno para los hombres encontrar piedras que habían salido a la superficie de la tierra, y hasta las mujeres preparaban el campo para los que tenían título de las tierras. Al lado del camino encontrabas cachorros o gatitos muertos metidos en bolsas. Un hombre o una mujer con experiencia los había muerto por piedad. La perra o la gata hambrienta no producía leche, y los críos se morirían de hambre. Decía la gente que los árboles tenían la suerte de no ser humanos. A ellos se les había ordenado, sin intención, a no moverse.

Capítulo 7

La tranquilidad

Hubo días en que se encontraban a los labradores en una conversación informal con mi mamá. Claro que mi papá no permitía que durara mucho. Llegamos a saber quiénes eran casados, y cuales eran los que no habían encontrado un amor verdadero, siendo que las mujeres eran caprichosas. Mi madre sólo sonreía. Me preguntaba si mi padre le había encontrado caprichosa a ella cuando por primera vez se fijaron el uno en el otro. Tendría que observar a Gertrudis para ver si esos caprichos aparecían. Después de que todos terminaban con sus faenas, mi madre tenía preparada la tercera comida del día. Aprendí temprano que era necesario terminar de comer pronto para prestar atención a mi padre. Nos informaba sobre todo lo que habíamos hecho mal durante el día. Gertrudis, Ignacio, Alfonso y yo no podíamos creer cómo mi padre podía estar en tantos diferentes lugares al .mismo tiempo. La distancia que habría que caminar para supervisar lo que hacía cada uno lo hacía improbable. Todos estábamos tan cansados, que de repente una cabeza descansaba en el hombro vecino con los ojos apenas abiertos mientras hablaba mi padre. A veces éste me agarraba y me enderezaba porque me había quedado dormido en la falda de mi madre.

Muchas veces queríamos que lloviera. Año tras año hubo días en que cada uno de nosotros subíamos a un árbol en busca de una nube negra sobre el horizonte. Todos dormiríamos más tranquilo, aunque entrara la lluvia en la choza. Con la lluvia mi madre recibiría un abrazo más fuerte de mi padre. Se sentía el cambio en el estado de ánimo de mi padre según el tiempo. Entrábamos más fácilmente en un sueño profundo, estando todo calmado. Los recuerdos de la sequía se quedaban alejados de la mente. La tranquilidad sólo se interrumpía si ladraba uno de los perros, que nos advertían de un predador que había entrado por equivocación.

CAPÍTULO 8

¿QUÉ TIPO DE HOMBRE CRIÓ A MI PADRE?

Mi madre dijo que el bautizar a todos sus hijos le complacía a Dios. Quería que mi padrino, el tío Emeterio Guerra, hermano de mi padre, me compartiera su manera moderna de pensar. Yo no sabía por qué. En ese tiempo, según mi manera de joven de ver las cosas, él no tenía ninguna ambición, y a mí no me tomaba en cuenta. ¿Podría ser él la persona que me diera la señal de lo que me iba a traer éxito en el futuro? Eso sí que me mostraba compasión al poner la mano en mi hombro y decir que tenía la espalda derecha; y eso me hacía caminar con propósito. Pero, cuál era mi propósito, tenía deseos de preguntarle. Que predijera mi futuro. Que me dijera qué había fuera del pueblo, y por qué mi padre no podía imaginar mi vida fuera de la cerca. Mi padrino había viajado a Oregón; seguro que había contado a alguien de sus aventuras. Sin embargo, ahora estaba atado a la tierra.

Cuando mi abuelo, don Andrés Guerra, y mi abuela Josefa, los padres de mi padre, visitaban la granja, me preguntaba qué tipo de hombre había criado a alguien como mi padre.

Gertrudis, Ignacio, Andrés y yo veíamos un hombre reservado que no tenía simpatía hacia el mundo a su alrededor. Era hijo adoptivo, de altura mediana, delgado, con ojos azules y la tez pálida, con pelo rojizo, no sólo en la cabeza sino en los brazos. No me entretenía como lo hacía mi abuelo Juan, pero tampoco tomaba ni pegaba a su esposa. Mi abuela Josefa, en contraste con mi abuela María, era más alta que mi abuelo Andrés. La abuela Josefa tenía la piel color canela, con ojos verdes y pelo negro y lacio. Tenía mucha confianza, que algunos pudieran interpretar como ostentosa. Es posible que haya sido ella la que regañaba a mi padre cuando trataba de ser un muchacho juguetón.

Lo que mis abuelas sí tenían en común era que no se le faltaba respeto al esposo. Yo quería preguntar a mi abuelo Andrés cómo era ser ilegítimo, pero mi padre nos dijo que no eran las circunstancias en que nacía el hombre que determinaban el valor de su carácter. Lo que importaba era si tenía la voluntad de trabajar, de esforzarse hasta ester agotado sin quejarse, y de aguantar todas las dificultades y pruebas.

LA REPRODUCCIÓN

Desde muy temprano supe el significado de la palabra reproducción. Me parecía mal que un animal tan fuerte como el toro se aprovechaba de la vaca que era más débil. Después sacaban a la vaca de ese corral y el toro volvía a los placeres cotidianos de comer y esperar a la siguiente vaca. Entonces, después de varios meses, la vaca tendría que sufrir al dar a luz a un becerro, y no importaba si su cría no era hermosa. Las vacas feas también podían producir abundante leche. Para mí no existía ninguna vaca fea.

Yo había observado cómo le gente miraba fijamente al abuelo Juan. No sé porqué todos están envidiosos de la gente blanca. Tanto los jóvenes como los viejos reaccionaban frente a sus ojos azules, su piel pálida, y su pelo abundante y rubio. Bajo sus sonrisas, hacían rechinar los dientes, envidiosos, sin saber que los malos puestos no le afectaban al abuelo Juan. Cuando le preguntaba a mi padre, me decía que era mi imaginación.

Mi madre hacía lo que se esperaba de ella. Dio a luz a otro hijo, y

me era imposible aceptar eso. Los celos me consumían cuando supe que
Israel, mi hermano menor, se iba a bautizar, y que mi padre demostraba
afecto hacia su nuevo hijo. Ignacio, Alfonso y yo nos dábamos cuenta de
que ese niño tenía algo que no nos era evidente.. El vestido del bautismo
no fue nada especial; todos nosotros lo habíamos llevado. El mismo
sacerdote bautizó al bebé; el sacerdote estaba más viejo, pero llevaba
la misma sotana ceremonial. Todos nos acercamos al niño como lo
habíamos hecho antes. Yo no quería saber quiénes eran sus abuelos; sólo
quería mirar detrás del altar a ese Jesús que estaba colgado en una cruz.
No quería saber el verdadero significado para nosotros, que el dolor
puede transformar a la persona, así mejorando su estación en la vida.

Mi padre creía en Dios, pero como era un hombre fuerte, un
hombre de razón, no le era posible tener miedo ni ansiedades ¿Había
yo heredado esas supersticiones y el temor que me rodeaba ese día en
la iglesia? ¿Cómo no le pregunté a mi madre por qué ese hombre estaba
clavado en la cruz? Se creía que una vez que el miedo entraba en la
mente, la maldad podría entrar en el cuerpo; el cuerpo entonces estaría
expuesto a los sortilegios. Al volver a la granja, los conocimientos
cotidianos volvieron a mi mente. Hubo más que suficientes dificultades
con que preocuparse sin pensar en las supersticiones.

CAPÍTULO 9

EL VALOR DE SER FELIZ

Al trabajar en a granja aprendí del ritmo de la vida. El aroma del mundo, el movimiento del viento, la luz, o las gotas de lluvia que caían en el techo de paja me hacían dormir profundamente. Algunos animales parían y otros murieron en el tiempo de la matanza. Las pepitas de sandía de mi madre brotaban para después llegar a ser plantas pesadas, cargadas de fruta para recoger. El jardín de mi madre producía abundantes yerbas para la cocina y para curar cualquier enfermedad. Siempre el sol fuerte pegaba a la tierra seca y dura, y los animales vagaban como somnámbulos.

Cuando hubo una buena lluvia, Ignacio, Alfonso y yo corríamos hacia el arroyo. Era necesario emplear nuestro tiempo de manera juiciosa, ya que en realidad no era nuestro.

Siempre esperábamos encontrar a nuestra amiga Teresa, quien se tiraba al arroyo con el vestido subido a la cintura. Los cuatro intrépidos nos dejábamos llevar por la corriente hasta el lugar donde había una curva. Ese punto era la marca donde sabíamos que había que volver.

Hubo muchas tardes en el arroyo, y yo llegaba a ser más astuto; no podía negar que las condiciones bajo las cuales vivía no eran las que más me convenían. No era ningún problema para mi padre pegarme delante de la gente y, lo que era peor, cuando estábamos a solas. A veces me hacía sufrir por mis debilidades. Eso sí que siempre hubo comida en la mesa, y un techo que goteaba, pero que no prevenía que una cucharada de esa preciosa agua me cayera en los labios; y hubo varias acres de tierra en que perderme cuando necesitaba consuelo. Me preguntaba si debiera dejarme vagar sin dirección.

Era un esclavo. Nadie me iba a extrañar excepto mi madre. Se me ocurrió que alimentarme ahora era fácil, pero con el tiempo llegaría a ser más difícil que mi padre me permitiera salir, porque tenía su marca estampada en la piel para que no quedara duda de lo que era para él.

Tuve que asegurarme a mí mismo que mi padre tuviera algo de bueno adentro. Repetía en la mente que él tenía perseverancia , convirtiendo innumerables cosas relacionadas con su tierra en partes funcionales, así definiéndose como dueño de tierras. Adentro tendría que haber algún tesoro que le hacía seguir adelante. Además, gozaba de bastante respeto dentro de las caas Guerra y Benavides. Sus apareceros y los que se invitaban a entrar por su reja le tenían respeto. Pues, ¿qué me pasaba? Me hice esa pregunta muchas veces.

Al llegar a la curva, sabíamos que era hora de subir a la ribera e ir caminando hasta donde habíamos empezado. Habría que volver a la realidad. Teresa volvía a sus padres, los que creían que la iban a criar como princesa, aunque ella deseaba algo diferente. No le interesaban esos vestidos que sus padres le compraban en la tienda. Ella, a cambio, soñaba también. Alfonso e Ignacio la veían en la camioneta de su padre, tomada el manubrio, sonriendo hacia el horizonte. Tal vez anhelaba ir a Monterrey, donde no importaba si las mujeres refinadas como ella llevaran pantalones. Alfonso e Ignacio se reían de ella, y ella gozaba de nuestra risa.

Alfonso, Ignacio y yo hablábamos a menudo de Teresa, aun cuando la veíamos con menos frecuencia con el paso de los años. Dentro de mí, sabía que yo no era tan diferente de Teresa. Tenía el valor de sentir gozo. Tomaba placer en lo que me rodeaba, pero las circunstancias no me ataban.

51

El quebrar y sangrar de un hombre macho

Capítulo 10

Esperando la señal

Cumplí un año más sin fiesta; era igual a cualquier otro día. Oí a mi madre expresar en voz baja su agradecimiento a Nuestra Señora por haberme guardado con salud y fuerza, y mantenido vivo nuestro sueño. Yo me había quedado dentro de la casa moviendo la escoba de un lado para otro para tratar de sacar la tierra fuera de la puerta hacia el patio, pero en realidad lo que necesitaba era sacar mis inquietudes del interior de mi ser. Tal vez mi madre, que tenía la escoba en manos todo el día, estuviera tratando de calmarse con sus oraciones. Llegué a la conclusión que tal vez ella tuviera sus propios sueños. ¿No se daban cuentas todos de que ella no estaba feliz? Quizás cuando yo llegara a ser más grande podría decire que necesitaba volver a esos días en que gozaba de ser mujer. Me daba cuenta de que, como yo, ella tendría que distraerse del ritmo que le drenaba la energía.

Mi madre me hizo una seña para que me parara delante de mi padre. Era raro ver sentado a mi padre, no parado diciéndonos que nos iba a hacer hombres. Estaba esperando que me dijera que aún no había llegado a la altura de lo que esperaba de mí. Todavía era flaco, aunque comía tanto como mis hermanos mayores. No tenía las palabras para expresar mis pensamientos, pero era inútil disputar con él. Hoy era diferente. Dijo que me iba a mandar a una escuela privada para que aprendiera mis letras, a leer y escribir. "Mañana entras en la escuela," me dijo. "Tenemos ropa nueva y huaraches para ti. Vivirás con tu tía Felicitas durante la semana, pero algunos días uno de tus hermanos te pasara a recoger de la casa de tu tía y vendrás a la granja en la tarde, según el número de trabajadores que se necesitan. Vas a pasar todos los fines de semana con nosotros." No me atreví a mostrar la felicidad que sentía Después, me dije, quiero gritar y saltar de alegría.

Me dijo que para que la tierra tuviera un futuro y satisficiera nuestras necesidades y tuviera éxito contra todas las desventajas, era imprescindible que hubiera una persona de intuición al llegar el momento de identificar a las personas sin escrúpulos. No entendía yo el significado de escrúpulos, pero en ese momento tenía sentido que mi padre se refiriera a las personas que trataban de de quitarle lo que le pertenecía. Todos los otros dueños de tierras se fiaban en su choza y toda la tierra que la rodeaba por muchas millas en toda dirección. Él los observaba cuando pasaban a caballo buscando una brecha en la cerca. No podría permitir que personas extrañas se establecieran en su tierra, ni que una vaca suya se dirigiera a la manada de las tierras de otro.

Me eligió a mí como la persona que leyera los papeles pertinentes; registrara cada centavo en el libro, y estudiara cómo funcionaba el gobierno con todos los documentos necesarios para mantener en orden la granja. No se podría confiar en el maldito gobierno. Tampoco se podría confiar en los dueños de grandes propiedades. Los dos tenían sus propios deseos de la tierra. Mi padre dijo que mi madre creía que yo era el hijo apropiado para tomar carga de los libros. Él tenía que estar de acuerdo con ella. Se había fijado en que yo observaba con cuidado todo a mi alrededor y no sólo reaccionaba frente a lo que ocurría. Tenía una mente aguda. Mi madre no sonrió, pero me di cuenta de que ésta era la señal que esperaba. La situación cambiaba. Tal vez pasaría la cerca sin mirar hacia atrás.

Como siempre, me mojé en la noche, pero me levanté temprano para limpiar todo y ponerme la ropa y los zapatos nuevos. Tomé mi desayuno cuando mi madre me pasó la taza de chocolate caliente, con la esperanza de que ella no se olvidara de mí. Viajando en la carreta, con la leche en los cubos que hacían ruido atrás, sentado al lado de Ignacio, no podía dejar de sonreír. Se dio cuenta de mi gran gozo, y me dijo que estaba feliz por mí también. Alguien de la familia tenía que entender toda la papelería, y había sido juicioso escogerme a mí. Dijo que me había observado muchas veces pensando en la solución de un problema, que siempre decía la verdad, y sobre todo, que le daba tanta alegría a mi madre. Sus palabras me llenaron de confianza, y cuando respiraba, sentía el aire en mis narices, y no me importaba que respiraba tierra.

Me dejó en la casa de mi tía Felicitas en el pueblo. Ella era la más pobre de todos los hermanos de mi padre, ya que se casó con un hombre que se suponía le mantendría con sus dos hijos. Ella no tuvo la culpa de no tener ningún futuro, ya que el esposo escogió el camino fácil de escapar sus responsabilidades y encontrar consuelo en el mescal. Dentro de su choza de dos cuartos, ella con sus dos hijas, hacían flores de papel para vender en ciertas fiestas religiosas. Se les admiraba por su vida industriosa, decía la gente, tal vez para asegurarles que una buena mujer era capaz de sobrevenir cualquier problema. Pronto me di cuenta de que teníamos algo en común: a ninguno nos gustaba el olor de la granja.

"¿Qué tienes de especial tú?" me preguntó. Yo me hice como si hablara con otro. Iba a dormir en el suelo, sobre una bolsa de arpillera llena de frijoles secos, en un rincón de la cocina. Ella alzó los dos brazos hacia el techo y anunció, "Todos sabemos del problema con tu vejiga, así que no lo vamos a discutir más." Yo no pude negarlo. Tendría que tener extra ropa interior para ponerme en la mañana cuando venía a quedarme la noche, como se lo había pedido su hermana. "Me puedes decir Tía Fela," me dijo un día. Tal vez esa era su manera de decirme que le gustaba.

Ahora, el primer día encontraría por primera vez a una maestra, la que creía que todos teníamos posibilidades. No tenía que depender de mis espaldas y mis piernas para ser fuerte. Lo que importaba ahora era la cabeza. Era posible que dentro de la cabeza hubiera todo lo que necesitaba. No puedo negar que deseaba el cariño de mi padre.

LA ESCUELA Y OTRAS LECCIONES

Iba a aprender las lecciones de la escuela, pero también las de los días en que me quedaban en la granja. Al asistir a la escuela, sólo tenía que aprender mis números, aprender a leer, y escribir palabras. Fue inteligente de parte de mi padre haberme mandado a la escuela. Quizás a su manera así me mostraba su amor. Esa idea me daba miedo, ya que era algo que me podría dar, pero algo que podría quitar con igual facilidad. Yo deseaba aprender, pero tenía preguntas sobre tantas cosas.

Aprendí mucho sobre mí mismo. Era capaz de reír de mí mismo y con desconocidos. Estaba rodeado de gente de mi edad, y más grandes quienes querían hablar de béisbol, pero nada de vacas y gallinas. Me preguntaba si sus padres los pegaban a estos muchachos. No tenían cicatrices visibles. Tal vez las había debajo de su ropa. ¿Podrían haber recibido una paliza en la cabeza? El pelo tupido no podría siempre esconder los moretones o la hinchazón. Yo comencé a trepar los árboles para demostrar mi agilidad, cobrando confianza, dejando que lo que llevaba adentro se aparentara en vez de estar siempre escondiéndome de mi padre, temblando de miedo.

Lo de la escuela pasó muy rápido, y de repente me encontraba de nuevo en la granja. Nada había cambiado. Otra vez ayudaba a mi madre y a Gertrudis. Automáticamente limpiaba los pesebres de las cabras, tirando el alimento de las gallinas hacia arriba, sabiendo que iba a caer de nuevo al suelo, y sacando la maleza del jardín der mi madre. En realidad, no hacía mucho de buena gana, pero estaba siempre ocupado. Las nubes de tierra que llenaban los pulmones, bañando la boca y quemando los ojos, eran terribles; pero cuando me quejaba, mi madre decía que comparten todas las criaturas de Dios. ¿Cómo podría cualquier hombre esperar progresar, realmente progresar, al sentirse como si se estuviera ahogando? No era necesario mirar a mi madre para saber que estaba sonriendo.

57

Emiliano Zapata era una figura principal de la Revolución Mexicana, el jefe principal de la revolución de loe peones del estado de Morales, y la inspiración del movimiento agrario, que se llamaba el Zapatismo. Nacido el 8 de agosto, 1879, en México, asesinado el 10 de abril, 1919.

CAPÍTULO 11

PUEDO CREAR UNA HISTORIA

Un día, como tantos otros días, estaba cansado de llenar las jarras de agua del charco. Me senté frente a una gran piedra. Quería refrescar los pies al meterlos en una jarra que contenía el agua color de chocolate. Tomé un palo grande, y con él di vuelta a la piedra. Esperaba encontrar escorpiones, pero en vez de los insectos, encontré un hoyo que medía doce pulgadas. En él había dos pistolas oxidadas. ¿Era posible que mi padre las hubiera escondido? Si así fuera, habría sido con una buena razón. Cuando dormía, se encontraba a su lado un baúl cerrado con llave que contenía su escopeta y otras cosas de importancia, incluyendo una libreta y un lápiz para anotar cada detalle de su existencia.

Tomé las dos pistolas con el cañon apuntado hacía mí, y me preguntaba si Pancho Villa o Emiliano Zapata las hubiera escondido. Hubo muchos héroes de que hablar, pero estos dos eran grandes hombres. Optaron por dar su propia vida para que otros pudieran llegar a tener igualdad de posición con los ricos y poderosos. Para los que no tenían tierras, eran héroes, pero para los terratenientes, eran un insulto. ¿Quiénes eran estos dos hombres que creían que pudieran cambiar lo que había quedado fijo durante más de doscientos años? El abuelo, siendo de descendencia española, los admiraba por su valentía. Eran dispuestos a morir por sus convicciones; no se pudiera decir lo mismo de Porfirio Díaz. Él abrió las puertas a los extranjeros, los que pagaban centavos por la tierra.

Francisco Villa era un general de la Revolución Mexicana y una de las figuras más prominentes de la misma. Nacido el 5 de junio de 1878. Fue asesinado el 10 de julio, 1923.

Díaz había seducido a la gente mexicana con promesas vacías. El abuelo Juan escupía en la tierra y maldecía a todas las familias extranjeras, y a todos sus hijos por nacer, que habían dañado México porque los indios y sus hijos ilegítimos lo habían formado. Tal vez eran privilegiados, pero el México verdadero pertenecía a los mexicanos. Al final, ¿quiénes realmente tenían título? El abuelo no podía contestar su propia pregunta.

"Zapata creía que era mejor morir parado que arrodillado," dijo el abuelo Juan. ¿Cómo sabía el abuelo lo que pensaba Zapata? Las actas heroicas de todos los hombres se encuentran inscritas, pero ¿qué tal las de las mujeres? "Las mujeres que siguieron a estos hombres no tenían nada que perder; son ellas las que siguieron a los rebeldes." dijo el abuelo Juan. Mientras los españoles, los rebeldes, los franceses, y hasta los comanches del norte luchaban por sus varias ideologías; también hubo pillajes y la violación de las mujeres, las que quedaban atrás con hijos sin apellido. Yo no entendía por qué el abuelo tenía que hablar tanto sobre los niños bastardos. A veces era como un disco que se repetía otra y otra vez. ¿Se sentía culpable?

Yo quería pensar que las pistolas habían pertenecido a Pancho Villa, pero podrían haber sido de cualquier persona que era capaz de matar. El haberlas entregado a mi padre le habría dado razón de pensar que yo no había cumplido con mis faenas con bastante rapidez, así que las devolví al hoyo y puse la piedra encima. Mi padre me aseguraba que si uno levantara una pistola, debiera estar preparado para dispararla. Decidí inventar una historia mientras hacía mis labores. Sería una historia de héroes que pudiera contar después a mis hijos. La historia mía nunca llegaría a la altura de los cuentos épicos de mi abuelo Juan, pero algún día tendría mis propias aventuras. Y de ellas iba a apuntar cada detalle.

La historia nunca se entierra. Si la historia se trata de la verdad, el hombre que la cuenta nunca puede mentir. Mi padre nunca hablaba detrás de las espaldas. Siempre sabías la situación con respecto a él. Siempre defendía lo que percibía ser la verdad, aun cuando mi madre le decía suavemente que no tenía razón. La verdad suya era siempre real. Cuando su esposa e hijos veían que el cielo era azul, él divisaba nubes cargadas de agua que se dirigían hacia la granja. Su verdad era la que importaba. No era diferente de muchos de los hombres de su tiempo.

Alguien tenía que ser fuerte, sentir la mordida de una culebra y reírse de ella, como si fuera una experiencia cotidiana.

Algunos días observaba a mi padre tomar la tierra del campo entre sus manos después de una buena lluvia y frotarla entre los dedos ásperos y callosos. Al mismo tiempo sus ojos morenos se enternecían de la misma manera como cuando miraba a mi madre, en esos momentos privados en que trataban de esconderse de nosotros. Tal vez en esos días, al mirar hacia el horizonte, se viera a sí mismo como un joven pastor que se dirigía hacia el charco. Seguro que había sido chamaco, haciendo cosas de niño y con los sueños de niño.

CAPÍTULO 12

¿PODRÍAN VER CÓMO ME QUEBRABA?

Llega un momento en la vida en que los extranjeros te dicen de tu linaje sin titubear. ¿Era posible que la mezcla de las lineas ancestrales de mi madre y de mi padre pudieran producir hijos bastante atractivos como para engañar a los inocentes? Me acuerdo de la primera vez que la tía Fela me llevó al mercado un día sábado, y la gente decía, "Míralo. Es tan guapo." Me parecía increíble que alguien pudiera pensar que yo era guapo. ¿El ser guapo podría ser algo positivo? "Llegará el día en que encuentres los que te van a valorar por ser guapo. No te preocupes todavía," decía mi tía.

El valor de la apariencia exterior no le interesaba a mi padre. Eran los músculos debajo de la piel, y el recuerdo y las lecciones aprendidas de las calamidades, lo que importaban, porque si uno no aprendiera de eso, tenía que experimentar el dolor físico y mental en un círculo sin fin. Observaba a mi padre afeitarse el pelo de hombre de la cara mientras se miraba en el espejo. Me daba cuenta de lo que le había hecho la granja. Tenía el cutis de color moreno dorado, pero cuando sacaba la camisa aparecía una piel pálida y blanca. Mantenía el pelo corto, pero siempre se divisaba que era rubio, aun cuando la sangre y la tierra lo había ensuciado. Tenía ojos morenos como el caramelo, la nariz, boca y barba fuertes, y el torso también fuerte, lo que se notaba cuando lavaba la tierra de la granja de su cuerpo. No se parecía a ninguno de la familia Guerra. ¿Aparecerían los padres de mi abuelo Andrés algún día? El abuelo Juan decía, "Los perros callejeros casi nunca vuelven," y que su cuñado sólo podría esperar que una enfermedad venérea hubiera comido el cerebro de esos perros callejeros.

Nadie miraba a mi padre, dándose cuenta de que Dios le había dotado de una espalda fuerte, excepto mi madre. Sólo ella podía decirle con franqueza que apestaba como puerco, o que se le había olvidado marcar en la libreta la docena de pesos que había recibido de los vecinos para los servicios del toro. Siempre tenía el derecho de decirle la verdad. Le había dado esa libertad él mismo.

Mi madre amaba a ese hombre y nunca le preguntaba sobre sus pensamientos. Hubo estafadores y ladrones por todas partes, y más que nada, extranjeros que esperaban cruzar sus tierras. Se percibían sombras en todas las esquinas. Mi madre tenía la mente abierta. No era nosotros contra el mundo, como pensaba él. Sin embargo, había algo de verdad en lo que sentía. No era una enfermedad que corría por sus venas cuando tenía que levantarse a medianoche para reparar la cerca. Sabía que alguien, un hombre con dinero o un intruso que había sobrado de los días de la revolución, podría reclamar un terreno sin cerca.

Éste no era el momento apropiado para que mi madre se mirara en el espejo. La piel ya tenía manchas, y era como cuero en su textura, con la piel blanca apenas mezclada con la piel nueva. Se le habían caído los dientes anteriores y le dolían las encías. Se profundizaban los surcos de la frente.

Así que ¿era yo guapo como decía la gente del pueblo? Un día me subí al tronco de un árbol que había sido talado, y me miré de frente en un espejo. Tenía la nariz de pico de pájaro de mi padre y su cara ovalada, con el pelo rubio-rojizo, pero tenía ojos azules. Dije para mí mismo que mi nariz era como el pico del águila de la bandera mexicana de la escuela. Nadie se reía de mí. Tal vez era guapo, no feo como me hacía creer mi padre. "El mirarse en el espejo no tiene sentido," decía mi padre. "Siempre vas a encontrar tu propia cara, con tal que. . ." Nunca terminaba esa frase. Mi tía me dijo que no hiciera caso de esa superstición. Se trataba de los que andaban vagando por la tierra, y que con el tiempo llegaban a ser santos y que habían visto su propio aura.

A veces en la tarde mis padres hablaban sobre como el mal había llegado a la granja del vecino y había hecho que todas las gallinas se enfermaran. Era un verdadero mal puesto, un hechizo que se podría contrarrestar con otro hechizo. Pero ¿quién lo había mandado? Hablaban sobre el mal ojo, y de como los que codiciaban lo que tenía uno. podrían hacerte enfermar y perder toda esperanza. Muchas veces la gente ni sabía que les estaban drenando la vida. Era mejor alejarte de todos tus asuntos y no contar con nadie fuera de tu familia. Yo no podía aceptar la idea de que la gente realmente creía en las brujelas. ¿Era yo tan ignorante como para creer en esas historias? ¿Cómo podría tener fe en esas cosas que no se podían ver?

La tía Fela también hablaba de la brujela que andaba libremente por el pueblo, y que siempre se encontraba caminando sola por los campos. Rehusaba ni siquiera pronunciar su nombre, ya que eso pudiera traer mala suerte. Era mejor cruzar al otro lado de la carretera y desviarte hasta una milla fuera de tu camino para no encontrarte con ella. "Algún día vas a ver a todos los vecinos cerrar sus puertas como si fuera para protegerse de la furia de un ventanal, pero en realidad será la brujela que anda por las calles la que quieren evitar," dijo. Sus palabras me dieron un escalofrío en la espalda, a pesar de que no quería creerlas.

OTRO AÑO EN LA ESCUELA

Cuando volví a la escuela, también volví con la tía Fela, la que ahora cosía y remendaba ropa para apenas subsistir con sus hijos. Ahora su esposo rara vez usaba la choza como el lugar donde soñaba con posesiones, y me deba cuenta de que no tenía el valor de cambiar. Decidió sólo existir. La tía Fela no aparentaba amargura ni resentimiento frente a su situación. Aceptaba el dinero que le daba mi padre, y fiel a su palabra, sin que él supiera, prendía velas votivas en nombre de su esposo. Ningún rezo especial, sólo sus oraciones sencillas, "Abrázalo con tu amor, y protégelo de la destrucción de sí mismo," decía. Yo no entendía bien lo que significaba la destrucción de uno mismo. Era una de las frases más extensas de mi vocabulario, y más adelante iba a desear que nunca la hubiera aprendido.

Supe muy pronto que el saber los números y las letras significaba que mi padre me permitiría abrir el libro mayor, el que contenía números de arriba hasta abajo en columnas, con palabras que anotaban qué tipo de animales, huevos, y cosechas él había vendido, y cuáles eran sus ganancias. Tenía una página entera dedicada al toro. Cuando comentaba sobre el vigor del animal mostraba su felicidad, cosa que rara vez pudimos ver en él. También tenía un libro de gastos, pero yo no era bastante responsable todavía para llevar esas cuentas dentro de la cabeza..

Me decía que estaba progresando. Sabía también que me acordaba de las lecciones que había aprendido al trabajar al lado de mi madre, mi hermana y mis hermanos. Algunas de esas cosas las sabía de memoria, pero otras eran nuevas. "Aprender de nuevo una lección anterior no tiene valor," decía. Al mirarle la cara cuando se fijaba en las marcas de una página, me sorprendió al darme cuenta de que este hombre podría haber sido más que un granjero. ¿Qué otra cosa habría sido eso?, me preguntaba.

Mi hermana, Gertrudis, ahora tenía doce años, una hija rodeada de hombres. A cambio de Teresa, Gertrudis. al principio, quería ser una princesa que encontrara una vida con otra persona. En su mundo de sueños ella, con su príncipe, construirían su vida juntos, en la que ella cantara y llevara vestidos elegantes, bailando y dándose vueltas bajo las estrellas. Me decía que no tenía amigas, fuera de sus tías, unas señoras que veía cuando iba a visitar al abuelo Juan, y la abuela María, en la iglesia o en los días santos. Gertrudis también asistía a la escuela ahora, pero se daba cuenta, por sus alrededores, que un día iba a pertenecer a un hombre, cuerpo y alma. ¿Qué debe desear una mujer? No podría ser el tener niños, cocinar, matar animales, y todas las otras faenas laboriosas que le caerían encima. ¡Por lo menos, eso no era para Gertrudis! pensaba yo.

Me di cuenta de que yo estaba aprendiendo más sobre mi país que solamente las historias que contaba mi abuelo Juan. Tenía orgullo del progreso de tener una verdadera maestra en una comunidad rural. Éramos una comunidad de granjas, una población española atrasada y poco interesante comparado con nuestra capital, la Ciudad de México, o aun Monterrey, donde había nuevas industrias.

Hubo revoluciones, pero se esperaba que los desacuerdos pudieran resolverse con lo escrito con una pluma y no con una pistola. El trabajo debiera ser respetado, pero el conocimiento abría puertas fuera del pueblo. Eso era lo ideal para nuestro país naciente Nuestro México iba a modernizarse; se repetía esto una y otra vez.

Mi maestra, la señorita Salinas, nos dijo en la clase que todos teníamos habilidades naturales, y yo tenía el don de números. Tenía que cultivar el cerebro para poder meter las informaciones y después sacarlas. Con el tiempo iba a aprender una lección, y después otra, relacionada con ella. La relación entre una y otra se podría emplear muchas veces para hacer que nuestro mundo cobrara sentido. Al observar a la Srta. Salinas, me daba esperanza de que Gertrudis pudiera llegar a ser maestra. Así no iba a pertenecer a nadie más que a sí misma.

No era aparente, al verme en el espejo, de dónde salía toda esa inteligencia natural mía, pero mi padre quedaba contento al saber que estaba gastando su dinero de manera juiciosa. ¿Debiera yo cree en todas esas cosas que no se podían ver? Ni era posible saber cómo era mi cerebro, pero se suponía que era dotado. Así que tenía un cerebro dotado, pero al mismo tiempo sabía que mis padres hablaban de los hechizos que se pasaban de una persona a otra. Tal vez mis habilidades hubieran sido orquestadas por una brujela, a veces pensaba; pero me convencí de que si no se pudiera ver mi cerebro dotado, ¿ por qué no era posible que creyera como mis padres en los poderes de la brujela?

De nuevo en la escuela

Ahora estudiaba en la escuela pública del pueblo. Empezaba a aprender que México era un país, y que tenía historia. Consistía en más que animales domésticos y cosechas, y ya estaba preparándome para llegar a ser la persona apta para mantener los libros de cuentas para mi padre. Sin embargo, me interesaban más las lecciones históricas de mi abuelo Juan. El abuelo hablaba de las insurrecciones contra los españoles, pero él, como español por descendencia, resentía los resultados. Lo único que salió de la independencia era la transferencia de las riquezas y el poder a los hijos de los españoles nacidos en la Nueva España. Los españoles por nacimiento recibieron privilegios especiales, y los hijos criollos estaban envidiosos en el extremo.

Los pobres estaban entusiasmados con la idea de que los españoles nacidos en la Nueva España se estaban despertando a la realidad. Pero su gozo duró poco. Moría la Nueva España, y se suponía que todo iba a cambiar. Los ignorantes pensaban que se había terminado la guerra; los reyes nuevos sabían que no terminaría nunca. El abuelo hablaba de la revolución y de todos los que habían muerto. Lo único que salió de ella fue una confirmación de ideologías no compatibles. Siempre, al hablar de la revolución, miraba hacia el cielo; se encogía de hombros y se perdía en sus pensamientos. La Srta. Rodríguez siempre hablaba de la modernización de Mexico. Ella nunca se refería a los que quedaron sin terrenos, ni de porqué vivía tanta gente n la pobreza. No tenía resentimiento contra los terratenientes ni contra el loco, Porfirio Díaz. Sólo dudé de las palabras del abuelo por unos segundos. ¿A quién iba a creer, a la Srta. Rodríguez o al abuelo Juan?

Trataba de comprender porqué nadie hablaba de la falta de dinero. Era obvio quiénes eran dueños de los negocios en el pueblo, y quién tenía el camión más grande-- que era el padre deTeresa– pero todos se vestían más o menos lo mismo, y hasta todas las casas estaban pintadas por fuera de colores parecidos. Los que vivían en las haciendas tenían ropa hecha con telas más finas, y parecía que sus sombreros se habían comprado para una sola ocasión, pero todos escondían su verdadera significancia. Hubo una excepción. El abuelo Juan nunca pronunciaba su nombre. Una mujer con la que se había enamorado de joven se casó con un hombre inmensamente rico. Ese hombre, con el amor del abuelo Juan a su lado, solía dar vuelta tras vuelta por el zócalo en una calesa tirada por su caballo más elegante. Los ojos del abuelo se llenaban de lágrimas.

El abuelo Juan dijo que en una época se medía la estatura del hombre por cuánto donaba a la Iglesia Católica. Yo le respondí, "Ojalá que ya estén con Dios en el cielo." El me contestaba, "Lo dudo." Nunca me daba lecciones sobre Dios ni la famosa Señora. Según él, todos los hombres son pecadores.

Una idea intrusa sobre la geografía me molestaba. Todos los alumnos tuvimos la oportunidad de tocar el globo redondo que la maestra tenía en su escritorio. España quedaba tan distante. ¿Cómo podrían los españoles sobrevivir al cruzar ese océano? ¿Por qué se molestarían con establecer esta población retrasada en una tierra abandonada por Dios, donde casi no había agua? ¿Era ésta el lugar donde nació el pecado original: el codiciar el agua?

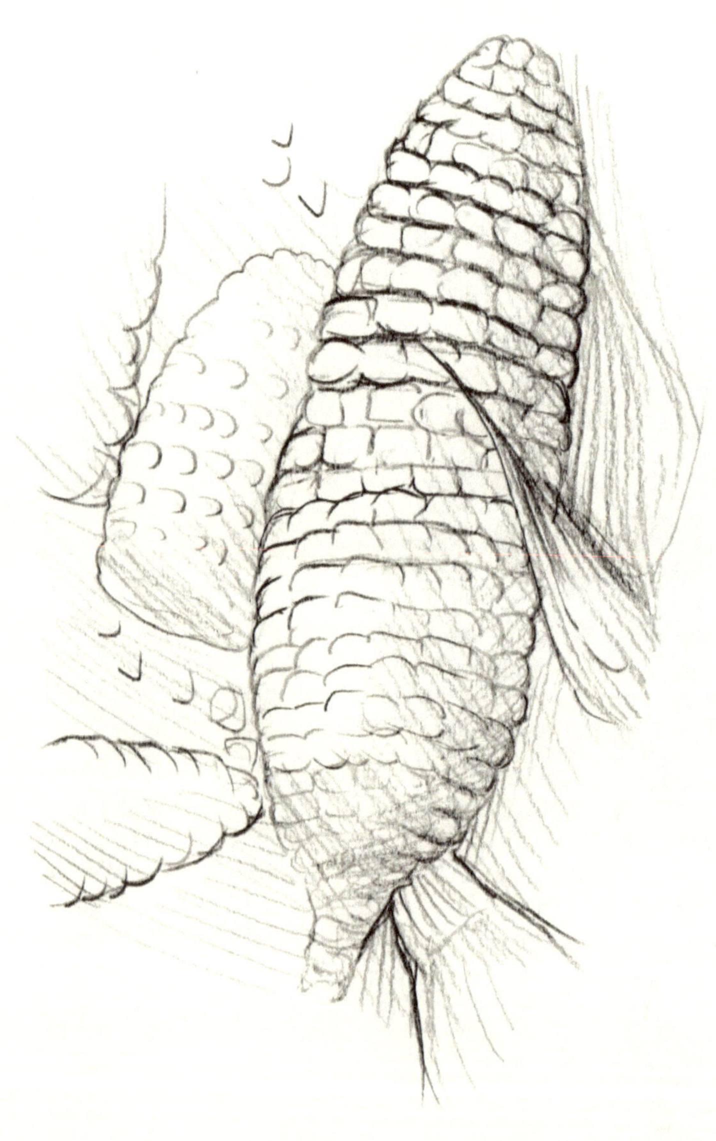

CHAPTER 13

LA RAMA PERFECTA DEL ÁRBOL

No me acuerdo qué edad tenía, pero de repente me encontraba corriendo para mantenerme al paso de mi padre al andar por los campos. Él iba adelante con el arado y la yegua que se llamaba Tonta. Él pensaba que Tonta era estúpida, pero yo sabía que se habría muerto en medio del campo hacía muchos años si no fuera por su inmenso sentido común. Obedecía las órdenes, sin avanzar ni muy rápido ni mu despacio. A veces cabriolaba y parecía que bailaba. Esta habilidad debiera haber resultado de su raza hace mucho tiempo. A mi padre esto le fascinaba, y al terminar se encontraba al final del surco.

El día anterior, las nubes se habían abierto y llegó un torrente de lluvia a los campos. Mi madre le informó a mi padre que todas las madres del pueblo y de los alrededores habían rezado con sinceridad, y con más fuerza que en otras ocasiones. La Virgen y todos los ángeles estaban de nuestra parte. Era menos probable ahora que se encontraran ellos y sus vecinos camino a Matamoros hasta los campos de algodón y tomates, donde había bastante que recoger, como en algunos años solían hacer. "Hombres, mujeres y niños se perdían en los maizales y campos de tomates," dijo mi padre. Para mí era difícil entender cómo uno se pudiera perder en un campo. Yo podía caminar muchas millas tras las cabras con Ignacio, y después volver a la casa con los ojos cerrados.

Sabía que cuando mi padre me pedía que le ayudara en el lugar de ni madre, me daba una excelente oportunidad de mostrarle que era capaz de trabajar con él, así como lo hacía mi madre. Me estaba haciendo hombre de conocimiento, pero también podía mostrar mi sentido de humor

Me parece que tenía diez años cuando ya pude distinguir entre los granos de maíz. Había una variedad de colores. Lo que plantábamos hoy era para el consumo humano. Entonces me acordé que el humor pudiera indicar que me faltaba la seriedad para hacer el trabajo que nos enfrentaba.

Mi padre aró, formando un rectángulo con un surco continuo. Este campo grande se dividía en dos o tres partes, cada uno siendo arado de la misma manera. Siempre se araba la tierra con ángulos rectos, en la dirección en que se iba a plantar el maíz. Así se podía mantener derechos los surcos.

Tonta se movía despacio, enterrando los cascos en la tierra, y yo tomaba cuatro granos de la bolsa que prendía de mis hombros. Dejaba caer loa cuatro granos delante de mi pie izquierdo, pero no podía mover el pie derecho bastante rápido como para cubrirlos. Al mirar a mi alrededor, el campo parecía más grande y más ancho de lo que me había imaginado. Al mirar hacia atrás, mi padre esperaba que al dar la vuelta al final del surco, me iba a encontrar detrás de él. Lo que vio era que yo estaba muy atrás, tirando los granos en la tierra y cubriéndolos con las dos manos. "¡Pendejo, mira atrás!, "gritó. Los pájaros, esos feos, estaban recogiendo los granos de la tierra con el pico.

Al ver que mi padre caminaba hacia un árbol para quebrar una rama, sabía que no debiera mostrar miedo ni llorar. Si lo hiciera, los golpes serían aún más fuertes. Así que cerré los ojos mientras me pegaba en todas partes del cuerpo. Cuando desistió por fin, vi que la rama estaba cubierta de sangre. Me había pegado con tanta fuerza que había una herida grande y profunda a lo largo de mi muslo derecho. La sangre corría de ella, y también tenía sangre en los ojos. Me dijo mi padre que fuera al charco para limpiar la sangre, para que estuviera presentable. Cojeando hacia el charco, oí que me dijo que podría volver al jardín de mi madre durante los próximos dos o tres días.

Volví a la choza y sonreí a mi madre, con la esperanza de que ella no dijera nada. No quería llorar delante de ella. Un enjambre de avispas la seguía mientras caminaba hacia mi padre cuando volvió de los campos.

Odiaba el tener tal pensamiento, pero esperaba que las avispas sólo lo dejaran sin sentido, que no lo mataran, para que le curaran de su manera compulsiva de tener que controlar a todo y a todos.

Todos sufrimos los golpes de mi padre menos mi madre y Gertrudis. Alfonso sufría los mayores daños. Ni Ignacio ni yo pudiéramos mirarle a Alfonso mientras recibía su ración de golpes. Sí le agradezco a mi padre que no distinguiera entre nosotros. Recibimos nuestros golpes uno por uno.

Nuestra madre sí trataba. Susurraba al oído de su esposo, "Necesitas hijos fuertes para hacer el trabajo para que no tengas que contratar a otros, y así tendrás más dinero para comprar ganado y una casa en el pueblo. Hay que pensar con más claridad. Mi padre le respondía con, "Algún día estarán agradecidos por haberles hecho hombres." Tomaba las manos de ella entre las suyas y le daba gracias por sus hijos. En esos momentos, sabíamos que teníamos un propósito. Nada en la vida de mi padre era accidental.

Ella también llevaba sus cicatrices, aunque él nunca le pegaba. Yo pensaba en las heridas y los moretones debajo del vestido desgastado de mi madre. El trabajo era brutal; recogía el algodón, cortaba y procesaba la caña, y cuidaba de todo para todos ¿Para qué?, Ignacio, Alfonso y yo, y hasta Gertrudis nos preguntábamos. "¿No podría volver con el abuelo Juan?" "¡No!" No iba a trabajar como mula en la tierra de su padre mientras era posible dormir en el suelo duro que le pertenecía a ella. Éramos gente del campo. A mi madre y mi padre no se les ocurrieron otros pensamientos sino los de consumir cada pulgada de la tierra; no se iba a perder nada. Si esta Virgen pudiera tomar una sola semilla y hacerla multiplicar para ser cientos y esparcirlas sobre los campos fértiles, regadas por la lluvia, pues también era capaz de proveer después un cielo claro y un arco iris. Pero aunque yo tenía la inteligencia de un niño, sabía que no podría tener esas ilusiones.

Tal vez todos sufríamos de ilusiones mientras estábamos dentro de la cerca. Algo dentro de mi estómago quería empujarse hacia arriba, deshacerme de la idea de que todos sufríamos de ilusiones imposibles. Mi madre creía que pudiera seguir perdonando a mi padre; mis hermanos pensaban que eran más que sólo otro par de manos con dos piernas y espaldas fuertes, y yo empezaba a creer que con mis conocimientos de los números y mi habilidad de leer y escribir, pudiera alcanzar la felicidad. Pero mira a tu alrededor, una voz me decía. ¿Qué importancia tenía lo que había aprendido en la escuela? No se había cambiado nada en la granja. La idea de mi padre era que yo iba a ser el hombre que entendía el valor de un centavo para su granja preciosa. Cuando me observaba, me daba cuenta de que si tuviera que llegar a ser como el, viviría en eterna agonía. Esa idea era demasiado terrible para aguantar. Me convencí de que no tenía nada en común con mi padre. Era demasiado joven como para entender que, al llegar a ser hombre, esas ideas extrañas estaban introduciéndose profundamente en mi cerebro. La vergüenza me consumía, porque no estaba llegando a ser el hombre que debiera ser.

Eso sí que a veces veía que me padre se reía, sobre todo con mi hermano menor, Israel, que llevaba su nombre. Para mí, mi hermano no tenía nada especial, fuera de que era el más moreno de la familia, con el pelo negro, ojos moreno oscuros, y la piel color canela. Mis celos intensos disminuyeron al ver que mi padre le mostraba cariño, y me di cuenta de que este hombre sí tenía su lado sentimental. Hubo esperanza para mí, pensaba.

Sus hijos sufrían las consecuencias de sus desilusiones, y para mí, los golpes delante de otros me llenaban de vergüenza. Me sentía aplastado porque no podía ser el hombre que él quería que llegara a ser.

75

Capítulo 14

Los pecados de mi padre

Estuve enfermo durante tres semanas. Me quedé de espaldas, luchando entre la verdad y la fantasía. Hubiera sido muy fácil quedarme dormido y no despertar nunca. ¿Qué sabía yo del agua contaminada? En verdad, la fiebre tifoidea aparecía, tarde o temprano, en todas las familias, y a mí me había tocado. Mi madre me llevó a un lugar que no conocía, porque rara vez visitaba la casa de mis padres en el pueblo. Sentía una voz a la distancia. No sabía si era noche o día, y soñaba con estar en la carreta, tirada por nuestro caballo, Bella, con los botes de leche que sonaban atrás, y ella sin moverse ni una pulgada. Cuando mis alrededores volvieron a aclararse me acordaba de que estaba de nuevo en la escuela y que tenía la responsabilidad de vender la leche en el pueblo, ya que mi padre ahora no tenía confianza en Alfonso.

¿Era un sueño? No sentía los olores de la granja ni el aroma de mi madre, pero vi que Alfonso llevaba el sombrero raído de mi padre, y que de su bolsillo caían monedas de plata. No pude echar los recuerdos de su gran error hacia atrás hasta los rincones de mi mente. Era todo demasiado real. Había estado vendiendo la leche de las cabras y las vacas a sus propios clientes sin decirle a mi padre. ¿Cómo podría ser tan pendejo?

Estábamos allí, mi madre, mi hermana, Ignacio y yo, esperando a que uno de ellos, mi padre o Alfonso, tomara el primer paso. Tel vez Alfonso pudiera haber mentido sobre de dónde había sacado las monedas, pero no lo hizo. " ¡No voy a seguir trabajando como animal sin recibir nada!" ¿Quién iba a moverse primero? Yo quería gritar, "¡Corre, Alfonso, y sigue corriendo!" Alfonso no se movió ni una pulgada. Mi padre saltó hacia adelante y tomo a Alfonso en una llave de cabeza y le tiró al suelo. Se notaba que Alfonso sonreía aunque la cara se le ponía roja. Mi padre comenzó a pegarle con la rodilla en sus costillas; y después se paró derecho sobre el, y con el pie le daba golpes a la cabeza por todos lados. Alfonso aceptó cada golpe sin gritar con el dolor.

Por fin mi madre extendió sus grandes brazos y tiró de mi padre a medida que su energía se gastaba. Razonaba con él que si iba a matar a su hijo sobre un asunto de leche. ¿Qué le quedaba de ese hombre, mi padre, al caminar hacia la choza? Mi madre se cayó de rodillas y vi que se le movían los labios. "No puedes dormir con nosotros en la choza, Alfonso," dijo.

Alfonso indicó sus orejas, y dijo que apenas oía. ¿Qué pudiera hacer el médico? Alfonso se rió. Pronto iba a oscurecer otra vez, tanto afuera como dentro de la choza. Lo rodeaban a Alfonso varios cuerpos, formando un círculo. Yo estaba allí con él, mirando hacia las estrellas tras una pequeña abertura en el techo.

CAPÍTULO 15

¿HABRÁ SANGRADO ELLA?

Encontré la mano de mi madre. Quería que dejara de decirme que al crecer iba a ser algo importante, y que ella iba a tener orgullo de mí. No lo encontré extraño que me faltaran las ganas de vivir. Me encontraba en la nada. ¿Qué me esperaba mañana? Sentía los pasos de pies sobre el suelo de tierra. Mi cuerpo percibía el miedo de ellos, y deseaba tomar un machete y cortar lo que les inspiraba ese miedo.

Me parecía que pasaban los días entre las visitas de Gertrudis. Sentí, con sus labios fríos contra mi piel, que le había pasado un susto tan profundo que le estaba consumiendo. No era solamente mi enfermedad y la posibilidad de que muriera que le daba terror a Gertrudis. Oí las palabras que se le derramaban de la boca al confesarme algo que para ella era muy real y para mí era increíble. "Mi padre se ha metido dentro de mí. Creo que me ha violado." Yo entendía lo que un gallo pudiera hacerle a una gallina, pero ¿cómo era posible que mi padre hubiera perdido todo sentido? Gertrudis sólo se estremecía, con las lágrimas corriendo por la cara, al contarle a mi madre de la corrupción de mi padre. Quería tomar a Gertrudis entre los brazos y abrazarla, pero aunque era muchacho, sabía que tenía que ser hombre. Tenía que demostrar respeto para su virtud, y era demasiado débil aun para llorar.

En mi delirio ahora soñaba con el gallo que corría tras mi hermana. Deseaba que ella corriera hasta los campos de caña; estaba seguro e que el galló no la podría encontrar allí. Pero el gallo era muy astuto. Gertrudis era demasiado inocente como para engañar al gallo. El llanto de ella se convirtió en una risa histérica. Sabía yo que estaba al borde de la locura.

Tan pronto como recuperé mi energía y me sentía un poco mejor, me fijé en que las cosas se habían empeorado. Mi madre no podría mandar a Gertrudis de nuevo a la granja, pero al no hacerlo habría indagaciones. ¿Podría mentir? ¿Sería posible inventar historia tras historia creando una mentira sin fin? Una vez comenzando el mal, recobró una vida propia. El abuelo Juan, una vez sabiendo de la acusación, y sabiendo que Gertrudis no tenía por qué mentir, gritó que el pecado traía la vergüenza a las dos casas. Las profanidades y el furor que sentía llenaron el aire con tanta pesadez que pudiera habernos sofocado a todos. El abuelo creía a Gertrudis y no le importaba lo que pensara su cuñado, don Andrés Guerra. Su nieta había sido violada. Para empeorar la situación, mi padre no negó lo que había hecho. ¿Qué iba a hacer mi madre? La familia Guerra le decía que Gertrudis era una mentirosa, e insistió en que el sufrimiento de mi madre era una prueba, para demostrar su lealtad a las casas Benavides y Guerra.

Cuando mi madre y mi hermano menor volvieron a la granja conmigo, dejamos a Gertrudis con el abuelo Juan y la abuela María. Yo veía sólo que los sueños de mi hermana habían sido destruidos. Ya no habría bailes ni vestidos delicados comprados en la tienda. Hasta el entrar en el convento sería fuera de su alcance, según algunos del pueblo.

A causa de mi enfermedad y el tiempo que tomó para que mi madre encontrara un lugar para Gertrudis, para que ella pudiera alejarse del pasado, yo había perdido muchos días de clase. Tendría que esperar y volver a la escuela al año siguiente Mi madre creía que tenía que volver a la granja para proteger la herencia de sus hijos. Mi padre interpretaba la vuelta a la grana de mi madre como indicación de que le había perdonado, algo que sólo él pudiera imaginar. Al intentar volver a sus costumbres de la disciplina fuerte, mi madre lo desafió. Se dio cuenta de que la necesidad de mi padre de hacernos hombres había confundido su sensibilidad.

Para mi padre, mi madre era sólo una mujer, una mujer atrasada que nunca hubiera sido capaz, según su manera de pensar, de recurrir a las autoridades. Es posible que ella lo hubiera hecho porque él nunca demostró remordimiento por lo que había hecho. Iba a proteger a Gertrudis, sabiendo que la muchacha era víctima del desdeño, tanto de familiares como de extraños. Mi padre fue arrestado, sometido a juicio, con pena de diez años en la prisión.

Lo que le pasó a mi hermana empezó a definirla, debido a los chismes sin fin. Se había quedado abierta la herida a la vista de todos, y los periodistas que llegaban de todas partes querían saber los detalles sensacionales. Claro que muchos no pudieron creer que un padre era capaz de violar a su propia hija. "Sin embargo, por qué está en la prisión? ¡Sin ninguna razón!, dirían algunos. Tanto la gente del pueblo como los periodistas trataron de encontrar lo que pensaban ser la verdad, pero en realidad éstos querían vender periódicos, y aquellos gozaban con los chismes. El negocio de los reporteros no era honorable. Llamaban a mi padre un hombre odioso, más animal que hombre.

Los rumores y el sensacionalismo sirvieron para crear más conflicto entre las dos casas. El abuelo Juan y mi madre estaban convencidos que la familia Guerra estaba dispuesta a gastar cualquier cantidad de dinero para destruir a la familia Benavides. Si sólo dijera que su hija había mentido, todo podría volver a como era antes, según la familia Guerra. Pero mi madre siguió lo que era su naturaleza, y protegió el honor de su hija. La familia Benavides apoyó a mi madre y a sus hijos. Aún mi abuela María, la que era muy reservada y que tenía más rezos que opiniones, estuvo en contra de su hermano, don Andrés Guerra.

Sin embargo, el enojo de mi madre, mezclado con la falta de esperanza, no apag6 lo que ella creyó ser el amor hacia su esposo. ¿Cómo pudiera sentir amor? El abuelo Juan pensaba que estaba hechizada, pero sabía que no había dinero suficiente como para quitar el hechizo del amor. La familia Guerra gastó mucho dinero para hacer reducir la larga sentencia de diez años, pero durante el año que sirvió mi padre en la prisión, mi madre mandaba a sus hijos a visitarle. Yo abría las cartas de amor para él, y las cartas de amor que él mandaba de vuelta. No comprendía cómo pudiera expresar la necesidad que

tenía de él. Me acuerdo que le dijo a Gertrudis hacía muchos años,
"Tendrás que dormir al lado de tu esposo, a pesar del dolor de tu
corazón y tu mente." Se había casado con él por toda la vida. Yo
sólo tenía que recordar algunas de las baladas que me había cantado.
A veces el dolor es demasiado y tienes que dejar a tu amado. Le
consumía la idea de que con el amor se puede conquistar a cualquier
cosa. ¿Qué opciones le quedaban? ¿Podría mi madre tirarse al arroyo
y flotar mas allá de la curva, dejando a sus hijo atrás?

CAPÍTULO 16

MI PADRE CREÍA EN LA BRUJELA

Como si la situación no fuera bastante mala, mi padre mandó a la brujela Hermelinda, su esposo Juan, y su hija adoptiva, Esperanza, a vivir con mi madre. Él se había exilado de la granja cuando salió de la prisión. Fue a vivir con su hermano Romano, el que también creía que Gertrudis había acusado a mi padre sin razón. Así que, de lejos, estaba cortejando a mi madre, pidiéndole la mano, para convencerle de que no habría necesidad del divorcio, que la separación era bastante castigo.

La razón por la cual había mandado buscar a la brujela no era por falta de ser religioso. Creía en Dios, pero todo el mundo sabía que había malos agüeros, invisibles a los ojos, que una brujela podría curar o quitar. Esta rotura, la separación de dos casas, necesitaba un poder fuerte para quitar el mal olor completamente, y restaurar el orden natural a la granja. Sabía que mi abuelo Juan repetiría una y otra vez, "¿Cómo pudiera mi hija ser engañada tan fácilmente?"

Yo me instalaba en las ramas más altas de un árbol para observar a esa brujela. Tenía el cutis de color moreno, grietoso, y era de baja estatura y robusta, con el pelo negro como el carbón, parado en desorden. Sus ojos te hablaban. Con una mirada quería que la vieras como una mujer débil. Pero cuando se enojaba, sus ojos te decían que pudiera destruirte cuerpo y alma. Tenía miradas que te hacían creer que pudieras perder el uso de un brazo o una pierna, o aún la vista. Al pararse delante de los animales, los campos abiertos, y la choza, murmuraba su canto diario de "que salga el mal," o "que entre la buena suerte," y tal vez hacer el signo de la cruz una y otra vez. Cambiaban sus cantos cuando un animal estaba por morirse. Le decía a mi madre que era natural que los animales se murieran para que se llevaran el mal consigo.

Dentro de la choza que mi padre había construido para la brujela y su familia, había pieles de víboras, pociones en botellas de vidrio, plumas de pájaros, y amuletos. En medio de todo esto estaba el lugar donde dormían. Me imaginaba las pesadillas que tendría Esperanza, rodeada así de ese mundo en el que muy pocos entrarían.

Hasta el abuelo Juan empezó a creer que un mal real había entrado dentro de la protección de la cerca, y cuando venía a visitar a su hija, se preocupada de que los espíritus malignos no se le pegaran. Pero parecía que los labores de la brujela pudieran estar haciendo efecto. Ese verano hubo lluvias, y la tierra se volvió fértil.

La brujela empezó a seducirse por la tierra. Ya les pidió que le pagaran, no con dinero sino con títulos a tierras.. Claro que al principio mis padres se resistían, sobre todo mi padre, pero después, decidió que si ofreciera lo que le era más valioso, era más probable que los hechizos tuvieran mayor efecto. Pero era obvio que algo tendría que pasar, ya que fuera que un relámpago les pegara a mis padres, para que mi madre volviera a la realidad. ¿No entendía mi madre que se iba a perder todo a esa mujer que se había metido a causa de los temores y las supersticiones que consumían a los dos?

Mi madre no era la única que creía en la hechicería. Mucha gente, tanto en el campo como en el pueblo, creía en lo mismo. La abuela María se arrodillaba al lado de mi madre, y juntas rezaban a la Virgen. Mi abuela rezaba para que mi madre volviera totalmente, en su corazón y su mente, a la Virgen. Mi madre oía lo que decía la abuela, y rezaba que se escucharan los rezos de su suegra. Yo entía la pena que tenía al darse cuenta de que la Virgen se había desparecido de su vida.

CAPÍTULO 17

CESÓ EL SUSURRO

Gertrudis sabía por instinto que tendría que salir antes de que volviera a la granja nuestro padre. Vio el paquete con sus cosas personales en el rincón de la cocina el día que volvió a la granja. No debiera hablar con sus hermanos sobre la transgresión. Y no podía ir al pueblo bajo ninguna circunstancia.

Nuestra madre y sus hermanas, mis tías, estaban obsesionadas con la idea de encontrar el esposo apropiado para Gertrudis. En menos de tres meses habían convencido a Miguel Montemayor de las ventajas de casarse dentro del clan Benavides. Esto tenía gran valor para los que entendían la importancia del linaje. No se podía negar de la belleza de Gertrudis, y ella estaba acostumbrada a las penurias de la vida.

Expresando mis deseos para su felicidad le di un abrazo, por lo que pensaba era la última vez. Vi en sus ojos oscuros la tristeza, aun mientras sonreía y me decía que estaba tan feliz de encontrar a un hombre tan guapo como Miguel Montemayor. Él haría posible que tuviera la oportunidad de comenzar de nuevo en otro pueblo con la familia de él. Ella y mis hermanos sabían que la familia Guerra siempre iban a creer que había mentido sobre nuestro padre. Me parecía tan injusto que tuviera que irse, sin volver nunca, mientras mi padre esperaba el día siguiente para plantar sus pies de nuevo en la tierra que le estaba reclamando.

Para mostrar su agradecimiento a su hermano, el que le había dado refugio, iba a trabajar la tierra como si fuera suya propia. Sabía que con la desaparición de Gertrudis de la granja, tendría la oportunidad de volver. Mi padre estaba resuelto a convencer a mi madre que era un hombre nuevo. Tenía mucha paciencia.

Mi padre comenzó a visitar a mi madre todos los domingos por la tarde, para la segunda comida. Fingían como si la brujela con su esposa y su hija fueran huéspedes, ni mejores ni peores, aunque caminaban libremente por los campos. Trataban de convencerse de que la brujela era más o menos normal; después de todo, tenía una hija adoptiva hermosa. Yo encontraba a Esperanza encantadora, y no era necesaria ninguna hechicería para que sintiera ese amor por ella. No le salía de la boca ningún canto ni deseo desesperado. Mi padre admiraba el esposo de Hermelinda porque trabajaba tanto como los peones fuertes, aunque tenía un pie que se arrastraba a un lado.

Todos nos hacíamos preguntas profundas. ¿Cómo este hombre pudiera haberse casado con una mujer tan fea, con todos sus cantos espantosos y unos ojos que eran como un rayo de luz oscura, que parecía entrar hasta el alma de uno? Yo quería decir a mi madre que la brujela me había ofrecido dinero para que tuviera relaciones sexuales con ella. Me lo había pedido, y yo había rehusado su oferta. Si le hubiera dicho a mi madre, me habría aconsejado que me quedara alejada de Hermelinda. Ahora yo tenía muchas responsabilidades, que habían adquirido un ritmo natural. Hermelinda no tenía límites; me era posible creer que pudiera volar, y que, con sólo con sus malos pensamientos, pudiera convertir a un hombre, mujer o niño en animal.

Vivió con mis padre durante lo que parecía una eternidad. Me fije que cuando murió, después de muchos años, su marido, que antes era cojo, ahora se paraba en dos piernas fuertes.

Por fin, mi padre volvió a la granja, a finales del año 1944, y ahora la gente del pueblo y del campo podría decir que la granja era un rancho. ¿Hacían esto para hacer sentirse completo a mi padre? Alfonso, Ignacio y yo le preguntamos a mi madre por qué tuvo que volver. Alfonso e Ignacio ya se imaginaba dueños de las tierras. Mi madre nos aseguró que ahora todo iba a ser diferente. Ella iba a tener más responsabilidad en cuanto a lo que pasaba en la casa. Debiéramos esperar para ver la transformación.

La familia Guerra no podía imaginar que mi padre volviera con mi madre, la que había deshonrado la casa Guerra. La familia Benavides no podía creer que abriera su corazón a mi padre. Se habían roto los lazos entre las familias, y la familia Guerra nos daban las espaldas.

Si acaso uno de nosotros se encontrara con ellos en el pueblo, la tía o el tío pasaba sin mirar, con la boca apretada. Nosotros no habíamos hecho nada, pero tuvimos que pagar por los pecados de mi padre.

Mi madre ya no hablaba del pasado. ¿Llegaría el día en que no tuviera el nombre de la brujela en sus labios? ¿Pudiera la brujela hacer que el mundo se olvidara de la terrible transgresión? Había prometido que si le dieran la cantidad apropiada de tierra, podría hacer cualquier cosa. ¿Era posible que uno satisficiera sus peticiones, o la necesidad sin fin de los que deseaban tener lo que pertenecía a otros? Yo era demasiado joven para entender cómo la envidia pudiera consumir los sentidos de uno.

Mi madre había hecho todo lo posible para mantener la granja, pero era cierto que le hacía falta mi padre. Claro que mi padre no había cambiado. Creía que la desgracia que había causado se debía a que sus hijos habían gozado de demasiado libertad. Eran perezosos Aún Ignacio, el que se reconocía como el mejor pastor de todo el área, estaba perdiendo cabras invisibles. Al principio mi madre mostraba su determinación de que se iba a manejar la granja sin que mi padre estuviera repartiendo golpes sólo porque pensaba que ésa era la única manera de que sus hijos llegaran a ser hombres. Por suerte, Alfonso, Ignacio y yo habíamos aprovechado el tiempo para nuestros estudios mientras él estaba ausente. Mi madre sabía que era necesario que sus hijos pudieran leer, escribir y saber los números. Sabía que todos tendríamos un futuro si supiéramos más que las cosas de la granja.

Tan pronto como Alfonso supiera que mi padre iba a volver, decidió que si trabajaba con él no iba a cambiar su situación. Era claro que no iba a heredar nada de tierra, y pensaba que su padre no le tenía respeto. Necesitaba conservar su dignidad. Era necesario abrir la puerta y pasar solo al otro lado. Costumbres de mal maestro sacan hijo siniestro. No estaba dispuesto a ser el hijo siniestro, así que se fue,

Yo esperaba que hubiera escogido el camino correcto, porque llevaba algo de mi madre adentro también. Nuestro padre tendría que haber sido ciego para no ver que Alfonso estaba seducido por la tierra, pero también quería bailar, con su padre como pareja, no seguir como esclavo de él. Alfonso deseaba caminar a su lado. Tenía un don natural de hacer que la gente viera los dos lados de cualquier asunto. Podría haber logrado ser lo que fuera, pero no como yo, él reaccionaba, y después muchas veces se arrepentía. Por lo menos, yo aprendí de sus adversidades y de sus errores.

El ritmo de la granja no cambió después de la partida de Alfonso. Algunas cosas no se podrían cambiar, a pesar del dinero que mi padre le daba a la brujela. Parecía que la letra de las canciones que me había cantado mi madre empezaban a esfumarse de su memoria. Poco después se desparecieron los susurros musicales que yo siempre escuchaba mientras ella hacía los quehaceres diarios. Me di cuenta de que su silencio era debido a sus remordimientos. Como toda mujer, aceptaba su destino, y daba gracias por cualquier bendición, grande o pequeña.

Capítulo 18

Dejando el rancho

Después de un mes, Alfonso volvió a la granja, pero a mí me parecía toda una vida. Al divisarlo, mi madre corrió a la cerca. Al principio le regaño por haberse arriesgado de esa manera, pero entró mi madre con él, sabiendo que no traía ningún mal. Lo abrazó, y le advirtió que cuando llegara su padre lo iba a pegar por haber salido, y que al día siguiente lo pegaría por haber vuelto.

Era pura suerte que yo me encontraba dentro de la casa, cuando debiera haber estado con los puercos. Todos esperamos la vuelta de mi padre, cubierto de tierra. Alfonso colocó su largo brazo alrededor de mis hombros. Sacó dólares americanos del bolsillo de la camisa y los frotó. En ese momento supe que yo prefería trabajar en la granja de otros, donde no me dijeran todos los días que no valía nada. Alfonso se había percibido a sí mismo sin valor, pero mi madre y yo sabíamos que no era cierto, y tal vez él se daba cuenta de eso ahora también. Me miró, y me preguntó si quisiera ir al norte. ¿Por qué no? ¿Por qué montar a un caballo cuando uno pudiera conducir un carro o tomar un tren hacia cualquier lado? Me parecía que otra señal de mi destino estaba cerca. Había escuchado a mi abuelo Juan decir que en el norte había una tierra de oro. Uno podría ahorrar dinero y volver para comprar tierras. Era claro que tenía que creer eso porque mi padre compró esta tierra con el dinero que había ganado cortando árboles en el norte, en Oregón, ese lugar donde el agua se congelaba en el cielo.

Lo que le faltaba a Alfonso era un hombre paciente que supiera manejar los números. Era sordo en un oído, pero sabía que yo le podría proveer la habilidad de evaluar cualquier problema y tomar la decisión correcta, si él estuviera dispuesto a hacerme caso. En ese tiempo yo consideraba que lo que me faltaba en fuerzas físicas, pudiera compensar con mi astucia. Tuve que considerar lo que dejaría atrás. Significaba dejar a Bella. Ella había llegado a ser mi caballo, y ahora yo la almohazaba y le daba una porción extra de maíz. Los dos teníamos algo en común: gozamos de la libertad. Cuando la montaba para ir a la pastura, no nos preocupamos de las ocasiones en que se esforzaba para tirar la carreta, ni por las veces que recordaba que me pudieran patear como si no fuera humano. Siempre tenía que acordarme de que mi padre estaba tratando de hacerme hombre. En algunos momentos, sus ideas llegaron a ser las mías, pero mi verdadera naturaleza no lo aceptaba. Ahora Bella era fuerte, pero con el tiempo dejaría de servir su propósito, y entonces no tendría ningún valor. Todos llegamos a ese punto, tanto los hombres como los animales.

Si acaso rezaba por alguien que no fuera mi madre, sería por Bella. Mis oraciones eran breves y directas. "Por favor, Dios, que le den de comer y de beber todos los días, y que la dejen descansar." Cuando murió, oraba que la enterraran bajo un árbol grande, y que, cuando se le acercara el fin, mi padre la soltara del corral para que anduviera por las tierras fértiles y muriera de manera natural, sin que nadie se enfadara porque ya no podía cumplir con el trabajo duro que ella, como todos los de su especie, había nacido para hacer.

Sabía que mi madre no pensaba que un hombre joven, a quien le faltaba poco para cumplir los catorce años, abriera la puerta de la cerca y encontrara la libertad. Aunque era alto y flaco, era capaz de trabajar igual que la mayoría de los hombres de mi edad, para mantenerme al lado de mi padre, era muy joven en su manera de ver. Claro que parte de la culpa la tenía ella, ya que me había enseñado siempre que mi destino era distinto al de otros. No debiera cambiar su manera de pensar en ese momento. Yo estaba pasando más allá de la cerca en busca de aventuras, donde no tendría que saber más de brujelas y hechizos. Deseaba controlar mi propio destino.

Por fin llegó la mañana, y se sirvió la primera comida como de costumbre. La noche anterior mi madre me había regalado ropa nueva:

una camisa blanca de algodón, pantalones, y zapatos de cuero. . Al depositar los pesos en mi mano, me dijo, "Esto es bastante para tu viaje de regreso." ¿Qué más necesitaba para salir por la puerta?, me pregunté.

Mi padre entró a la choza y me preguntó si yo pensaba que era bastante hombre como para dejar el rancho. Le dije que sí. Mi padre asentaba con la cabeza. Entonces se echó a reir y me dijo que no aguantaría más de dos semanas sin volver avergonzado. Yo sabía que se veía la vergüenza en mi cara, enrojecida como siempre que mi padre me humillaba en frente de otras personas que me amaban Tal vez mi padre realmente deseaba que no me fuera. Ahora Ignacio, Israel y los otros obreros se quedarían para demostrar su satisfacción con la vida del campo. Yo pensaba que iba en busca de una aventura.

Allá en el norte estaba el oro que pudiera cambiar a un hombre de obrero en dueño de tierras. Percibía el dinero como algo que me permitiría establecerme, para terminar mis estudios cuando me había cansado de las aventuras. Algún día escribiría como los periodistas de los diarios que mi madre había escondido con tanto cuidado bajo la piedra colocada debajo de su cama nueva. ¿Por qué escondía los diarios? A veces tenía sus peculiaridades. Había tanto que yo no entendía de ella.

Mi madre me abrazó, y yo puse un pie en el estribo y subí a montar a Bella. Sus cascos levantaron una nube de tierra, y sus lomos se menearon de un lado para otro. Sentí ese olor que iba a extrañar. Para Bella y yo, era el último viaje que haríamos juntos. Sabía que Ignacio, que andaba a mi lado, la llevaría de vuelta al rancho. Me dijo que me deseaba la buena suerte, y dijo que posiblemente partiría hacia el norte algún día. "No tiene sentido que dejes a lo que más quieres, tus cabras queridas," le respondí. Era un pastor excelente. Tenía un don. Ignacio se parecía al abuelo Juan, y cuando se reía, uno podría imaginar que era el mismo abuelo Juan. Yo había entendido siempre que Ignacio sería el que viviría siempre al lado de mi madre. Siempre se encontraba cerca de ella y la defendía y procuraba lo que era mejor para ella.

Siempre tendré en la mente que cuando me di vuelta, vi a mi madre, mi padre, e Israel allí parados, mirándome partir. Me fijé que mi madre levantó el borde de su delantal sucio y gastado hasta sus ojos para secar las lágrimas, mientras se despedía de mí con la otra mano. De repente me di cuenta, al correr las primeras gotas de sudor por mi frente, que la estaba dejando atrás con mi padre. El hombre se había enamorado de lo que no tenía: un alma dócil. Tal vez iba a comprender esto cuando llegara a ser un hombre maduro, mi dije.

Sabía que ella seguiría con su rutina diaria. Iba a cuidar de su familia en condiciones difíciles, y perdería su propia identidad al ser la propiedad de mi padre. Por fin se había divorciado de mi padre después del incidente con Gertrudis, para demostrar a todos los que se interesaban, que la familia Benavides mantenía su honor. No volverían a casarse. Sin embargo, ella siempre lo perdonaría. Mi padre, al estar allí parado al lado de mi madre, tenía una sola idea: Tenía que volver al campo para trabajar junto con los peones.

Yo sabía que sería yo la persona que iba a colocar la pequeña lápida sobre la tumba de mi madre. Era una idea terrible. ¿Por qué había mi padre causado todo esto? Para mí el mundo comenzaba a alterarse, y ya no me hacía falta el recuerdo de la cara de Gertrudis, aunque la muchacha seguía apareciendo en mis sueños, bailando en círculos y saltando de precipicios. Al principio esos sueños me daban miedo, pero con el tiempo me empezaban a dar consuelo. Ella había encontrado su felicidad y, como mi madre, miraba hacia el futuro, no el pasado.

Alfonso me esperaba en la casa de mi tía Felita. Todos nos despedimos y Alfonso y yo partimos para Reynosa, Tamaulipas. Podría haber tenido cualquier edad. Sabía solamente que ahora era hombre.

93

El quebrar y sangrar de un hombre macho

CAPÍTULO 19

CRUZANDO LA FRONTERA INVISIBLE

Nos encontramos con el amigo de Alfonso, Jesús Salinas, y su hijo. Yo pagué al chofer de un camión para que nos llevara a Reynosa, donde pensamos cruzar. El dueño de la canoa, Marcos, dijo, "El Río Bravo se comparte con la gente del norte. Todos quieren el agua para sí mismos. La gente puede ser muy codiciosa y sin escrúpulos, y siempre lucha contra la naturaleza." A mi padre no le faltaban los escrúpulos, pero la gente que tenía menos que él podría decir que era codicioso y es cierto que luchaba contra la naturaleza, pensando que las profanidades pudieran matar las plantas silvestres que aparecían en sus maizales. Marcos dijo, "El agua no debe existir sólo para regar los campos; está aquí para las cosas buenas–sólo para nadar." Se rió. Le dije que yo sabía nadar y se rió de nuevo y me dijo que menos mal.

Al pisar la tierra al otro lado del Río Bravo, me entro la sensación de tener un verdadero propósito. Pero la realidad me sacudió cuando empecé a sentir hambre, una experiencia nueva para mí. Entre todos teníamos un dólar. El dinero que me había dado mi madre ya se había gastado para que llegáramos a Reynosa. En los días siguientes, llegué a saber que al tener dinero, lo más importante era la alimentación. Sin eso la falta de comida te reducía a un simple animal hambriento.

Es difícil de explicar, pero no sentía rencor hacia mi padre por la falta de cariño que me tenía.. Pero no había dejado de desear su amor. Me parecía que era natural quererle. Ese día tal pensamiento me acompañaba, al plantar los pies en el norte por primera vez, y esa idea me entraría en la mente con tanta frecuencia que llegó a ser una enfermedad.

Pero al estar parado allí encima de un cerro, me di cuenta de que ya no era posible volver con él. Ya no importaba hacia dónde me llevaba el camino. Sabía que no había una senda claro que seguir. Tendría que

emplear mis habilidades naturales para saber lo que era necesario para sobrevivir. No quería que me faltara alimento ni agua. Necesitaba ropa.. Tenía un par de zapatos nuevos para proteger los pies. El destino me esperaba. Era preciso repetir esas ideas en la mente una y otra vez. Era sólo una aventura. Miraba hacía el futuro con anticipación.

En busca de el Oro

Mirando hacia el horizonte, observé el sol poniente. Brillaba como el oro. Alfonso me preguntó mientras caminábamos, si quería volver a la granja, donde mu padre les contaría a todos los obreros que yo, Ricardo, no tenía dignidad. Ya Alfonso me empezaba a molestar. Sabía que ninguno de los dos podríamos volver hacia atrás.

Nos acompañaban hombres, mujeres y niños, andando por a noche. Yo no sabía que íbamos todos a Alamo, Texas. Oí que las madres les decían a sus hijos que debieran contemplar con gusto el cosechar vegetales y hermosas fresas. Sus rostros no reflejaban ninguna preocupación al dar besos a sus amuletos de la Virgen de Guadalupe y hacer el signo de la cruz.

Con el tiempo era necesario descansar. No había albergue, ni una vieja choza siquiera. Un hombre, Jesús, con su esposa y dos hijos, nos invitó a dormir bajo un árbol y compartir tortillas y carne seca y agua de una jarra cerámica. No queríamos aceptar de ellos lo poco que tenían, pero rehusar su hospitalidad habría sido mostrar una falta de respeto. Como yo era el menos experimentado, deseaba advertirles que esta empresa no era para mujeres y niños, pero mantuve esos pensamientos dentro de mí.

Deseaba tocar con los dedos la estrella que mi madre había indicado hacía tantos años. Tenía que haber creído que había uno que le pertenecía a ella sola. Nos dijo a todos que, adonde fuera que estuviéramos, siempre era posible ver las estrellas sobre la cabeza. "Aún el más tonto puede ver las estrellas," dijo. Cada tarde era costumbre mirar hacia el mismo cielo oscuro. Al cerrar los ojos, podría imaginar que ella estuviera a mi lado. Si le hubiera dicho esto a Alfonso, sólo le daría algo más que decir a los otros para comprobar que yo era menos

que un hombre. Empecé a pensar en la brujela, pero rehusaba pensar en
ella.

Era difícil escapar o evitar a Alfonso mientras caminábamos por
la senda de tierra. Era una presencia fuerte. Todas las mañanas se
presentaba respetable, a pesar de que su ropa pudiera estar desarreglada.
Tenía el pelo rubio con el sol que lo había descolorado. La gente se
quedaba encantada con sus ojos azules y admiraba sus hombros masivos
y sus brazos, que eran tan largos que quedaban en desproporción con su
cuerpo. Podía decir a un forastero que era idiota, o emplear ese lenguaje
profano que le había enseñado el abuelo Juan. No aparentaba miedo
cuando alguien quisiera darle un golpe en la cara. No le importaba.
Mientras más violenta la confrontación, más vivo se sentía. Para mí,
esa manera de pensar no tenía sentido, porque si se le dañara un ojo o
se le rompiera un brazo, podría encontrarse apartado del grupo y sin
comida.

La larga caminata, durante el día fuera del camino, continuó hasta
que Jesús, su hijo, Alfonso y yo encontramos un árbol donde pudimos
descansar. Sabíamos que era necesario encontrar a alguien que nos
contratara; aunque fuera uno de nosotros; habría que compartir la buena
fortuna. Alfonso, siendo el más astuto, había encontrado agua en un
pozo abandonado, y todos tomamos de una lata oxidada que habíamos
recogido de un montón de basura. Era posible para Alfonso mirar hacia
el horizonte y ver cosas que servirían para satisfacer una necesidad
humana. Lo único que yo veía era un montón de piedras, árboles llenos
de espinas, tierra seca y perros salvajes. Ni Alfonso ni yo nos referimos
nunca a los mal puestos que el abuelo Juan nos había advertido existían
fuera de las cercas de la granja. Era como si el Río Bravo hubiera
capturado a todos los espíritus malvados, tragándolos, mezclándolos con
el lodo y echándolos al abismo. El abuelo Juan nunca me había contado
esos cuentos, pero ojalá que lo hubiera hecho, porque yo quería creer que
los hechizos malvados de las brujelas putas nunca me pudieran tocar.

Sentí cantar un gallo. Siempre donde hubiera un gallo, uno

encontraría unas gallinas picoteando el suelo. El gallo me hizo recordar lo que quería olvidar. Era su naturaleza montar a las gallinas. Y las gallinas, por instinto, nunca se cansaban del gallo; formaba parte de su herencia. Contemplé brevemente si acaso yo hubiera heredado las características de mi padre, esas marcas que no se percibían con el ojo. ¿Iría a heredar su necesidad de arreglar las cosas?

Ojalá que a mujer de las gallinas tuviera unas faenas que rehusaba hacer su esposo. Cuando íbamos pasando por la casa de madera y piedra, salió un gringo y gritó en español, "¿Quieres trabajo?" Alfonso me tomó por los hombros y me dijo que me quedara callado. Oí a Alfonso hablar inglés por primera vez. Dijo "Estamos para servirle, señor." El hombre le respondió, "Para dos semanas de trabajo recibirán una comida diaria. Pueden dormir allí atrás." Su esposa dijo, "Hay agua allí. Tiene mal gusto, pero es mejor que no tener nada."

El americano quería que despejáramos la tierra de las plantas silvestres y rodadoras, que cortáramos todas las ramas muertas, y sacáramos las lianas que trataban de matar sus árboles. Teníamos trabajo para dos semanas. Todos deseamos usar los músculos, aflojar las tensiones que se habían creado en el grupo desde salir del otro lado. Jesús y su hijo, que hablaban muy poco, ahora le daban las gracias a mi hermano. Estaban listos para seguir sus órdenes.

La esposa del hombre le dio a Alfonso un frasco grande para agua, un paquete de tortillas, y una bolsa de arroz y frijoles. Había una parrilla allí atrás, y nos dio platos de estaño, una cazuela de fierro, y una sartén de estaño. Hubo una cuchara para cada uno. Llegó a ser muy importante no dejar caer del plato ni un poco de comida. Nos apestamos, pero no había ningún lugar para bañarnos, así que tuvimos que lavarnos la cara, las manos y los sobacos con el agua sucia.

Comíamos en silencio. Me acordaba de las tres comidas diarias y del chocolate caliente que preparaba mi madre, y de estar rodeado de los que miraban todos por la pequeña abertura en el techo, donde yo a veces me imaginaba a los indios persiguiendo a loa españoles alrededor de la luna.

Al estar tendido allí en la tierra mirando las estrellas, me preguntaba se era ésta la aventura que había dominado mis sueños. En los sueños no me hacía falta ni el agua ni los alimentos. ¿Sería un vagabundo como la mujer loca que andaba por la granja, siendo echado de la propiedad muchas veces por mi padre? ¿De dónde venía esa mujer loca? ¿Estaba perdida o pensaba que andaba en una aventura? Parecía que a nadie le importaba que estuviera sola, hablándose a sí misma y apenas vestida. Tenía que pertenecer a alguien.

Después de dos semanas, el hombre le entregó a Alfonso lo que parecía ser ocho pesos. Yo esperaba lo que me correspondía, como ya trabajaba al lado de mi hermano. Alfonso me dijo que por ahora él iba a encargarse del dinero. Les dio a Jesús y a su hijo su porción.

CAPÍTULO 20

¿ES ÉSTA NUESTRA TIERRA?

Al llegar la tarde, nos metimos dentro del camión con los otros hombres que iban hacia Álamo. Sentimos el entusiasmo de todos. Me encontré sonriendo a los hombres que decían que había trabajo para todos. Sin embargo, estaba inquieto, rodeado de tantos forasteros. ¿Qué mal traían con ellos? Ya no había cercas como las de la granja. Ese pensamiento desapareció tan pronto como había aparecido.

Llegaríamos a la casa de Gregoria Guerra. Aunque era ciega y viuda, se mantenía bien con sus seis hijos. Había mantenido a sus hijos al tomar pensionistas que se hospedaban en el cuarto más grande de la pequeña casa. Nos abrazó, y nos sentimos tan bienvenidos que era fácil olvidar que sólo existía un parentesco lejano, por el lado del clan Guerra. Su hijo trabajaba en los naranjales. Él nos dijo que se iba a acercar al patrón al día siguiente para ver si pudiera contratar a sus honorables parientes y amigos. El hijo gozaba de bastante respeto; esto lo supimos cuando fuimos al naranjal al día siguiente.

El trabajo en el naranjal no era difícil, ni para Alfonso ni para mí. Nos quedamos juntos, sacando las naranjas del mismo árbol. Él se paraba en una escalera; yo recogía la fruta de las ramas que estaban más bajas. Si me quedaba atrás, él volvía y tiraba las naranjas en mi bolsa.

Tenía que mantener el paso o perder el trabajo. Otros tenían menos influencia, pero nunca faltaban obreros.

Después de trabajar en el naranjal por muchas horas, todos íbamos hacia las regaderas. Al observar a los hombres, la mayoría musculosos del esfuerzo de haber recogido fruta día tras día, después llevar los sacos pesados sobre los hombros, no me avergonzaba; sabía que lo que me faltaba en esfuerzo físico era recompensado por mi astucia. Una tarde, al estar en la regadera, un hombre viejo me pasó una pastilla de jabón. Cuando estaba listo para devolverle el jabón, se había ido. Alfonso y yo nos pusimos de acuerdo para usar el jabón y después pagar al viejo por su generosidad, pero no lo volví a ver nunca más.

El día que le mandé a mi madre mi primera carta era el más feliz desde que salí del otro lado del Río Grande. Las cartas siempre decían lo mismo: que trabajaba todos los días, que estaba aprendiendo inglés, que la quería, y que sabía que ella siempre sería el centro de mi vida. Las cartas que recibía de ella también eran siempre iguales: que se mantenía fuerte; que Ignacio e Israel me extrañaban, y que ella me quería tanto. Decía que no dejara yo de escribir, y que esperaba verme otra vez. Nunca mencionaba a mi padre.

Era mejor que Alfonso no hiciera caso de los hombres que dormían junto a nosotros, sabiendo que Alfonso con gusto se les escupiría a la cara y se preparaba para el primer puñetazo. A Alfonso le gustaba la tensión y las reacciones. Le gustaba dar y recibir. Para mí esto no tenía ningún sentido. ¿Cómo no era capaz de entender que las consecuencias eran imprevisibles?

Todas las tardes yo observaba cómo Roberto, uno de los obreros, bajaba las cejas y entrecerraba los ojos morenos. Hablaba más y más fuerte sobre cómo los españoles habían violado a las mujeres indias. "Esos españoles preferían casarse con sus propias primas con tal de mantener la sangre pura y las riquezas a su alcance," dijo. "Mira a Ricardo que se esconde en el rincón; no tiene idea de que la sangre de sus antepasados que corre por sus venas la está contaminado, corrompidolo con la avaricia y el egoísmo," siguió Roberto. Después me preguntó qué pensaba yo de las mujeres violadas. No iba a compartir con él el secreto de lo que le había hecho mi padre a Gertrudis. Las mujeres deben ser puras. Nadie quería a una ramera.

Rodeado de estos hombres, supe que todos teníamos algo en común: éramos todos ilegales. Era ilegal entrar al norte sin papeles. Pero si era tan ilegal, ¿cómo podría haber todo un campo lleno de mexicanos que recogían las naranjas? Para haber cortado árboles en Oregón, mi padre tendría que haber violado las leyes, lo que me parecía totalmente fuera de su carácter.

Deseaba saber cómo era posible que tantos mexicanos pudieran estar cosechando aquí si era ilegal. Tanto los viejos como los jóvenes se reían de mí. "Es que estos naranjales ocupan la tierra que antes pertenecía a Mexico," dijeron, "así que de cierta manera, estamos trabajando nuestras propias tierras."

Pero los sueños ridículos no te proporcionan alimentos. Sabía que estos hombres no podían negar el hecho de que en México unos pocos eran los propietarios de la mayoría de las tierras. Mis compatriotas tenían a la fuerza que aguantar la adversidad. Era necesario que la fuerza de sus cuerpos fuera acompañada de la determinación de sus mentes y el reconocimiento de que eran una de las consecuencias de una historia que no hubieran deseado. Eran campesinos, gente de gran intelecto, no sólo campesinos que servían al terrateniente.

NO
DOGS
NEGROS
MEXICANS
20 FEB.1929
ALAMO, TEXAS

CAPÍTULO 21

NINGÚN MALVADO

Pronto me di cuenta de que el cutis pálido te pudiera servir o como amigo o como enemigo. Alfonso y yo podríamos entrar en un restaurante con un letrero sobre la puerta que decía, "Ningún negro ni mexicano." Los ojos azules y el pelo rubio, más la piel quemada por el sol servía para engañar a otros que se parecían a nosotros. Roberto, que era el más moreno de todos, me consideraba su enemigo, pero enfrenaba su odio cuando yo le pasaba alimentos. En esos momentos me di cuenta de que Roberto hubiera sido feliz de estar en mi lugar. Era cierto que yo podría entrar a los servicios de baño cuando los otros tenía que meterse detrás de los arbustos y árboles para orinar. En esas ocasiones era evidente que el color de la piel tenía importancia para otros. Sin embargo, no era favorecido de Dios. No se ganaba nada al distinguir entre las razas; lo único que resultaba era un aumento del resentimiento, y el odio. Mientras Alfonso pudiera pasear con Conchita, la hija de la Sra. Guerra, en las tardes, él estaba contento, y se reía de Roberto y de los otros hombres. Era valiente. Sin esa valentía, estaríamos todos caminando por las carreteras, sufriendo las punzadas del hambre.

Los naranjales nos ofrecían sombra durante la parte más calurosa del día. Y la limpieza de las regaderas era un verdadero lujo. Los hombres hablaban de seguir las cosechas, pero no anticipaban con mucho entusiasmo cosechar los tomates en los campos abiertos, bajo el sol ardiente. El trabajo ofrecía la oportunidad de trabajar al lado de sus esposas e hijos, pero las mujeres se envejecían demasiado rápido. Era posible seguir hasta Michigan, donde el sol todavía quemaba el cuello, pero por lo menos allí había muchos días nublados.

❀❀❀❀❀

Los dueños llegaban a los naranjales en sus camionetas, y caminaban entre los árboles riéndose. El patrón tenía el respeto del dueño, pero a veces agachaba la cabeza y decía, "Sí, señor," y "No, señor," igual como los peones que trabajaban para mi padre. El dueño no aguantaba a ningún malvado en sus naranjales; existía un sistema, y hubo necesidad de mantener la harmonía para no interrumpir ese sistema. No había lugar para los que tenían la costumbre de armar líos. Esos hombres fueron aprehendidos y acompañados fuera de la propiedad, con cortesía o a la fuerza.

El día que terminó la cosecha de las naranjas fue un día triste. El recuerdo de mi primer baño y de todos los que lo siguieron me seguiría durante los muchos días después en que no pude bañarme.

CAPÍTULO 22

ÉL SABÍA

Era perfectamente claro qur mi padre sabía todo sobre el camino que íbamos a caminar Alfonso y yo. Podría haberme atado a un árbol en la propiedad, pero no lo hizo. Podría haber dicho que era ilegal cruzar la frontera. Podría haberme explicado que pasaría hambre, y que el color de la piel podría ser o mi amigo o mi enemigo. Yo pensaba que era astuto, pero los americanos, los gringos, deseaban sólo mis dos manos; no se interesaban en el hecho de que sabía manejar los números. Ya había dejado de ser una aventura Tenía que pensar rápido; me daba más miedo mi padre que ningún otra cosa. Llegó el momento en que di las gracias de que no me hubiera advertido sobre los peligros. Pensaba que cada día iba a ser mejor que el anterior. Lo que aguantaba mi cuerpo era más fácil que la confusión de mi mente si volviera con él.

Alfonso y yo estuvimos en desacuerdo sobre cómo debiéramos dividir el dinero que yo ganaba. Yo entendía su razonamiento. Según él, los contactos necesarios para ganar suficiente dinero con un lugar adecuado para dormir de noche eran gracias a él. Era cierto que no me faltaba nada. Podría responder que yo trabajaba tanto como él, que lo cuidaba cuando tomaba demasiado tequila, y que sólo me quejaba de las condiciones de mi ropa y la falta de zapatos decentes. Se reía de mí. "¿Quién crees que eres?" me dijo. No pude creer mis propias palabras al responderle, "¡Somos los dos hijo de nuestro padre!"

Muchos de loa hombres con sus familias decidieron seguir hacia el norte. Alfonso y yo teníamos otros planes: nos quedaríamos juntos para buscar otra granja donde se pudiera despejar los campos, o hacer cualquier otra cosa.

La migra, como los americanos llamaban a los oficiales de la inmigración, apareció un día mientras caminamos por un camino de tierra buscando empleo. Nos echaron en un carro y nos tiraron al otro lado de la frontera. Nos encontramos de nuevo en Reynosa. Teníamos cuatro dólares entre los dos, y decidimos tomar el autobús para General Treviño.

Mi madre, al saber que estábamos en General Treviño, hizo arreglos para encontrarnos en la plaza. Notamos unos cambios en ella. No podía mantener abiertos sus suaves ojos azules. Estaba con nosotros físicamente, pero estaba muy débil de espíritu. Sentimos que se estaba alejando de este mundo. Yo deseaba comentar sobre lo joven que estaba, aunque me deba pena mentir. Sufría por mi madre al oírle contar de los muchos hechizos que le quedaban por aprender. Le era difícil mantenerlos clasificados en la mente. Los dos le rogamos que dejara la granja y que volviera con el abuelo Juan. Necesitaba volver a la Iglesia católica, le dijo Alfonso. Nos aseguró que rezaba a la Virgen, y que la brujela ya no tenía poder sobre la granja. Estaba segura de que lo peor para ella quedaba atrás.

CAPÍTULO 23

LA PLOMERÍA INTERIOR

Al salir de General Treviño de nuevo, nos acompañó nuestro hermano Ignacio. Ahora mi madre se quedaba con mi padre, nuestro hermano Israel, los obreros, y la brujela con su familia. En el autobús que nos llevaba hacia Reynosa, Ignacio repetía una y otra vez, en voz baja, "Virgen, echa a los malvados."

De nuevo encontramos a alguien que nos ayudaría a cruzar el Río Bravo, pero esta vez no pensamos nadar en el agua refrescante. Mis propios pensamientos se enfocaban en cómo evitar a la migra. Caminamos toda la tarde y por fin descansamos bajo un árbol. Ignacio llevaba una bolsa con carne seca, naranjas, y una cantimplora llena de agua. Esperábamos encontrar trabajo en Álamo..Alfonso consiguió trabajo en una planta de procesamiento, pero a Ignacio y a mí sólo nos tocaron empleos temporarios. Nos quedamos en Álamo unos meses antes de encontrarnos sin alimentos y sin dinero. Dormíamos sobre la tierra, mirando las estrellas, o encontrábamos un árbol que nos protegiera del sol quemante.

Salimos para Raymondville, Texas, donde algunos supieron que había una cosecha de cebollas. Nos quedamos lejos de los caminos de tierra, a veces en compaña de otros, conversando sobre la falta de nubes en el cielo que nos pudieran ofrecer un poco de sombra, y de lo bienvenida que sería un poco de lluvia. Nos reíamos de nosotros mismos por creer que un poco mas allá habría un granjero que nos iba a ofrecer albergue con plomería interior y un baño privado. A pesar de lo que pensaban los granjeros, nos importaba la higiene. Oímos a los hombres decir, "Nos pagan veinte centavos la medida de áridos, lo que basta para comprar alimentos y algo para tomar." Nuestro entusiasmo con eso ayudó mucho para tranquilizar la sed y el hambre aguda que nos plagaban.

Ni Ignacio ni yo nos referimos nunca a sus cabras, las que un forastero ahora llevaba a la pastura, ni a mis deseos de educarme para realizar el destino, al que mi madre se había referido durante todos esos años. En esas tardes que tenía sólo un lápiz, escribía a mi madre, no en un papel, sino en la tierra. Ignacio no se burlaba de mí. Comprendía cómo me sentía adentro.. Los dos la extrañamos.

Caminamos muchísimo, y entonces nos descansamos bajo los árboles. Dormimos en el suelo. Era un gusto sentir la humedad del rocío en la cara al despertar a la mañana siguiente.

Por fin llegamos a los campos de cebollas. A algunos de los que habían llegado con nosotros los rechazaron, pero Ignacio y yo nos encontramos recogiendo cebollas. Yo no estaba acostumbrado a las cebollas, así que las lágrimas comenzaron a correr por las mejillas. Empecé a llorar, no sólo a causa de las malditas cebollas, sino por lo vacío que me parecía la vida en esos momentos. Ese vacío no disminuía la necesidad de calmar la sed al tomar la lechosa agua tíbia de color café de la botella que llevaba atada a mis pantalones. El agua contenida en ese frasco de vidrio valía más que el oro. Esa idea me hacía reír, porque no había oro. Era un tremendo mito eso de que ésta era la tierra del oro.

Después de cuatro o cinco días empezamos a trabajar en una estructura cubierta, clasificando las cebollas según el tamaño. Algunos de los campesinos envidiaban a los que conocían a los dueños de la granja. Nosotros entendimos la importancia de no quejarnos. La humildad te aseguraba el empleo, y causar problemas interrumpía el trabajo de los que trabajaban a tu lado. Hubo rumores acerca de Raymondville, donde te podrías encontrar encarcelado por violar alguna ley, y nunca más se sabía de ti. Los que trabajaban con nosotros esperaban que esos hombres se hubieran encontrado al otro lado del Río

Bravo.

Encontramos un lugar razonable para dormir cada noche. No me acuerdo del nombre de la señora, pero me compró alguna ropa, ya que la mía estaba en tan malas condiciones. Nos quedamos en que yo le pagaría al recibir mi sueldo del granjero. Ésa era la primera vez que había escuchado a los trabajadores maldecir a los granjeros por tratarles como animales. Me reía cuando oi decir a uno de los hombres, al estar borracho, "Una reina, hija de un granjero, sería el indicado para reinar sobre Raymondville. ¡Sería la reina de los campos de cebolla!" Uno tras otro hablaba de la espectacular procesión y ceremonia en todo México para Nuestra Señora de Guadalupe. Sin embargo, todos estaban de acuerdo en que Nuestra Señora de Guadalupe quería a los granjeros y a sus hijas.

SÓLO UNAS ESPALDAS DURAS Y PIERNAS FUERTES

Yo nunca había presenciado una procesión para la Virgen. Eran muchas las cosas que no había visto en mi propio país. Era ignorante respecto a tantas cosas. Ignacio sonreía y yo sentía un gran vacío. Extrañaba esas tardes en que el abuelo Juan nos contaba sus historias para darnos un descanso de nuestras circunstancias difíciles. Ahora estaba aprendiendo mucho sobre los mexicanos. Había mexicanos que eran ciudadanos americanos. Entonces, ¿por qué los llamaban mexicanos? No hubo diferencias aparentes entre los que habían nacido en la tierra del norte y todos los otros. Algunos hablaban inglés, pero el español era tan parte de su carácter como lo era del mío.

Un día la migra nos llevó a Ignacio y a mí de la granja. Sabíamos que alguien tenía que haber llamado a la migra, a lo mejor era el granjero. O posiblemente había sido otro campesino que nos consideraba indignos de clasificar las cebollas. Al pasar frente al granjero, éste no tenía dólares en la mano. Así que nos encontramos con sólo unos centavos en el bolsillo, y sin la posibilidad de recoger nuestras cosas. La pobre señora que nos había ofrecido alojamiento y comida llegó a ser víctima de esta aflicción, su recompensa por haber ayudado a dos forasteros. Lo que dejamos atrás no tenía ningún valor, con la excepción de mi lápiz. Tendría suerte si pudiera vender todo por un centavo.

Viajamos hasta la frontera con hombres, mujeres y niños, los que esperarían hasta que oscureciera para volver al norte, donde buscarían a otro granjero con algo que cosechar. Sus ganancias les iban a proveer con las necesidades básicas. Algunos con familias ganaban bastante como para ahorrar algo que mandar a los parientes al otro lado de la frontera.

El hambre te puede convertir en ladrón, pero sabíamos que siempre había basureros. Allí uno encontraba pedazos de cartón o de alambre de acero y cualquier otra cosa que se pudiera vender en el pueblo. Tuve que proteger mis pies descalzos al andar entre lo que los ricos habían desechado. En alguna parte había perdido los zapatos que me había regalado mi madre, pero no importaba, porque ya no me quedaban bien. La obsesión de proteger mis pies se calmó al encontrar unos trapos para envolverlos. La herida causada por un clavo era capaz de causar un cogido que prevendría el empleo en la próxima granja. Existía siempre la preocupación de no dañar una pierna, un brazo, una mano, o los ojos. Sin embargo, uno podría trabajar siendo sordo.

Me di cuenta de que la mayoría de los que nos rodeaban no tenían otra opción que seguir las cosechas. Yo, sí, pudiera haberme quedado en la granja de mi padre para trabajar con él, ,pero no aguantaba sus abusos, ni los del pueblo y de mi familia, los Guerra, que me miraban a los ojos con desprecio a causa del escándalo. Sabía que la brujela, con su comportamiento grotesco, estaba todavía en la granja, controlando a mi madre, la que estaba al borde de perder todo razonamiento.

Si pudiera haber escogido entre Alfonso e Ignacio para la larga caminata, habría optado por Alfonso. Alfonso hablaba sobre el amor de las mujeres por los hombres. "Sólo con los ojos azules podemos fascinar a cualquier mujer," dijo. Como a mí me faltaba ese carisma, él me iba a enseñar a ser misterioso. A las mujeres les encantan los hombres que tienen secretos y esconden su verdadero carácter. No tenía secretos yo, ni comprendía qué era "carácter". ¿Eran carácter y temperamento lo mismo? Alfonso hablaba sobre la búsqueda de la felicidad entre loa americanos. A veces se confundían y se sentían amenazados cuando los negros deseaban lo que era natural, la libertad de sentarse al lado de los hombres blancos. Hubo pobres por todos lados, pero no percibían sus semejanzas a causa del color de la piel de los otros. A veces Alfonso mostraba perspicacia, y gozaba con sentir la vida en su plenitud. Pero otras veces me parecía que deseaba la muerte.

Cuando nos daba hambre a Ignacio y a mí, yo pensaba en Nuestra Señora, la Virgen de Guadalupe, de quien hablaban todos los hombres y mujeres al estar en los campos, en las cocinas, y mientras las mujeres colgaban la ropa en las sogas. ¿Quién era esa señora? Mi madre y mi abuela rezaban a ella. ¿Cómo podría encantar a tanta gente, aun a los que trabajaban en los campos donde las madres lloraban por sus hijos? ¿Cuidaba dr los niños en los campos fértiles? Me di cuenta de que por mucho que deseaba el cariño de mi padre, me había dado algo que tal vez era más importante. Se me había enseñado a leer, escribir, y manejar mis números. No importa que sus intenciones al educarme fueran para su uso personal. Me daba cuenta de que muchos otros no tenían estos dones prácticos.

Con un pie delante del otro y la vista clavada en los pies descalzos, Ignacio y yo hablábamos de los días en que jugábamos en el arroyo, y de Teresa. Los sueños de ella significaban que no deseaba llegar a ser sólo una madre, así como yo no quería ser sólo un campesino. Era mejor hablar de Teresa en vez de referirnos al hambre que sentimos. Ya Alfonso, Ignacio y yo no teníamos necesidad de conjeturar sobre lo que nos esperaba más allá a la vuelta del arroyo de que habíamos hablado, y a la que ya llegamos, y que conocimos hacía lo que ahora parecía muchos años. Tenía que haber más de lo que habíamos encontrado en los caminos andados y en los campos trabajados bajo el sol. ¿Por qué eran los mexicanos sólo dos manos y una espalda para los granjeros? Los que trabajaban en los campos se portaban honradamente. Sí, hubo los de que se pudiera reír porque trabajaban despacio a causa de que se perdían en las ideas de que esto era su destino y el de sus hijos.

CAPÍTULO 24

NO TE DESANIMES

Un día, al mirar hacia el horizonte, nos parecía que había un saco olvidado en medio del camino. Esto era buena suerte, nos dijimos el uno al otro, e Ignacio colocó la bolsa de harina, que pesaba unos cuarenta libras, sobre el hombro. Nos reímos a medida de que la piel de los labios comenzó a romperse. Pronto vimos un humo que se levantaba al lado del camino, y encontramos a una vieja que llevaba una bufanda preciosa y elegante, sentada, preparando tacos sobre una fogata de mezquita. No nos importaba por que esta mujer estaba sola, aunque era vieja. Cambiamos la harina por unos tacos y unos pesos, así que ahora teníamos la panza llena, y pudimos jactarnos de no estar sin dinero. Al seguir el camino, miramos hacia atrás, pero ya no divisamos a la mujer. ¿Podría ésta ser otra señal, como la del hombre viejo del naranjal que me regaló la barra de jabón, y al que nunca más volví a ver? Tal vez esto era una especie de mensaje para que no me desanimara, para que siguiera adelante y sobrellevara las circunstancias.

Esa noche dormimos al lado del camino. La oscuridad era total, con las estrellas brillantes que me pertenecían a mí solo. Me dije que si fuera rico, compraría las estrellas y sus habitantes. Los protegería. No era necesario que vieran cómo era posible que algunos tuvieran tanto y otros tan poco. No deseaba que sus corazones fueran rotos. Ignacio no decía nada. No era necesario; podíamos leer los pensamientos de uno y otro. Extrañábamos a nuestra madre, y temíamos por ella. Sus hijos mayores y su hija se habían alejado de ella. Supimos que la mente se le estaba extraviando también, aunque tenía más fuerza que la mayoría de las mujeres. Si hubiera alguien capaz de sobreponerse a los hechizos de la brujela, sería ella. Mi madre era demasiado virtuosa como para dejarse tragar por alguien como Hermelinda.

Al día siguiente nos encontramos en Reynosa, ya que la migra se complacía en echarnos de la tierra que antes nos pertenecía. Saltamos a un tren, con otros que eran iguales que nosotros, para que nos llevara a Los Herreras, México. El conductor era un hombre bueno. Nos miró y se dio cuenta de que no teníamos dinero, pero para él éramos dignos de su confianza. Nos siguió la suerte al tomar un taxi, que era de un primo que nos era desconocido, hasta General Treviño. Allí me encontré solo. Ignacio había vuelto al rancho para trabajar con mi padre. No era tanto la tierra que lo llamaba, sino el hecho de que sólo quería ser pastor de cabras. Moriría como pastor a los ochenta y dos años. Se preocupaba de que no hubiera hecho mucho con su vida. La única herencia que ofrecía eran sus cabras. Yo le aseguré de que lo que dejaba atrás valía más que el oro. Nunca había codiciado lo que pertenecía a otros, y siempre había gozado con las bendiciones de sus semejantes. En verdad, siempre había tratado a otros como a él le gustaría que lo trataran.

En General Treviño, me recibieron mi hermana Gertrudis y mi cuñado en la puerta de su casa. Allí, entre ellos, estaba su hija, Graciela. Compartieron su hogar conmigo. Una tarde su esposo abrazó a Gertrudis y a Graciela y empezaron a bailar con una música que se escuchaba, pero me daba vergüenza preguntar por qué la gente tocaba esa música para que todo el mundo la escuchara. Sentí que hubo una melancolía bajo la superficie, pero con su esposo lleno de amor y devoción, me quedé callado.

Deseaba seguir a Ignacio para visitar a mi madre, pero tenía miedo de encontrarme con mi padre. El rechazo de su abrazo, que me hacía tanta falta, sería demasiado doloroso como para aguantarlo. Además, yo les hacía recordar a los dos ese pasado que ambos trataban de olvidar. Mi madre me hizo saber que mandaba dinero. Debiera ir hasta Monterrey para estudiar. Debía tomar el autobús para Monterrey y allí buscar a Gregoria Reina. Todo el mundo la conocía. En la estación de autobuses dr Monterrey, me encontré rodeado de extranjeros. Ya, con los quince años, me llenaba de confianza. Los extranjeros no me importaban. Tampoco me preocupaba la ropa traposa ni la falta de zapatos. Me esforcé a decir, "Busco a Gregoria Reina." Todos negaban con la cabeza, pero en medio de la confusión, Pedro Salinas se me presentó. Era estudiante universitario y se alojaba con la señora Reina. Tan buena suerte, me dije.

CAPÍTULO 25

¿QUIÉN RESISTE EL PROGRESO?

La casa de la Sra. Reina no era un orfanato para niños delincuentes que pudieran vivir gratis bajo su techo. Yo le di el dinero que pidió, y empecé a asistir a la escuela durante el día, vestido de ropa nueva y zapatos que había comprado. En las tardes, Pedro me ayudaba con las tareas. En la escuela estaba rodeado de gente que no sabía nada sobre seguir las cosechas. Siempre me acordaba del consejo de mi madre de no hablar nunca de la granja, pero ¿esperaba que tampoco hablara de los obreros ilegales del norte? Me estaban enseñando sobre un México donde todo el mundo gozaba de la libertad del individuo, y que no debiéramos resistir el progreso. ¿Era posible que esto se refiriera a los indios depravados? ¿o hablaban de los que salen para el norte para seguir las cosechas? Yo había optado por cruzar el Río Bravo y no volver a la granja. Había tomado esa decisión. ¿Y qué de esos otros que no tenían tierras propias, y que ni eran bastante sofisticados para esconder su falta de educación o influencias, sin ninguna esperanza de mejorar su situación en la vida? ¿Qué les ofrecía a ellos el futuro y el "progreso"?

Con el tiempo quería subirme a mi pupitre y gritar, "¡Viva México!" Empecé a creer que sólo el progreso pudiera levantar a todos los mexicanos de la pobreza y de la injusticia. Llegó a ser explícito; se había abierto la cortina, y lo único que entendía yo era el progreso de cada persona para educarse. Era una idea purista. Evitaba pensar en todos los hombres, mujeres y niños que trabajaban bajo el sol ardiente. Aun durante ese tiempo en que recogía cebollas, pensaba que mi espalda se estaba quebrando. Me parecía que no podía tomar ni un paso más. No quería recordar a los que había dejado atrás en los campos.

Pasaron dos meses, y entonces, tan pronto como me había llegado la buena suerte, se esfumó. Mi madre ya no podía pagar los costos de mi escuela, ni de mi hospedaje con la Sra. Reina.

Encontré refugio con la hermana de mi madre, María de Jesús. Dormía en su cocina, y le pagaba con lo que ganaba como mesero en un restaurante. Pedro llegó a ser un buen amigo, lo que me sorprendió, como él era un caballero refinado y yo hijo de un campesino y un muchacho que recogía fruta y verduras. A menudo me recordaba que tenía mucha potencial, y que debiera seguir estudiando. Desgraciadamente, eso era imposible, ya que trabajaba diez horas al día, y los domingos recogía fruta o cualquier otra cosa que se me presentaba. En ese momento era imprescindible enfocar todos mis pensamientos en el progreso más allá del sueldo que apenas me daba un poco de libertad. Ahora cuando pensaba en el destino y otras ideas ridículas, sólo silbaba fuerte para alejarme de tales ideas.

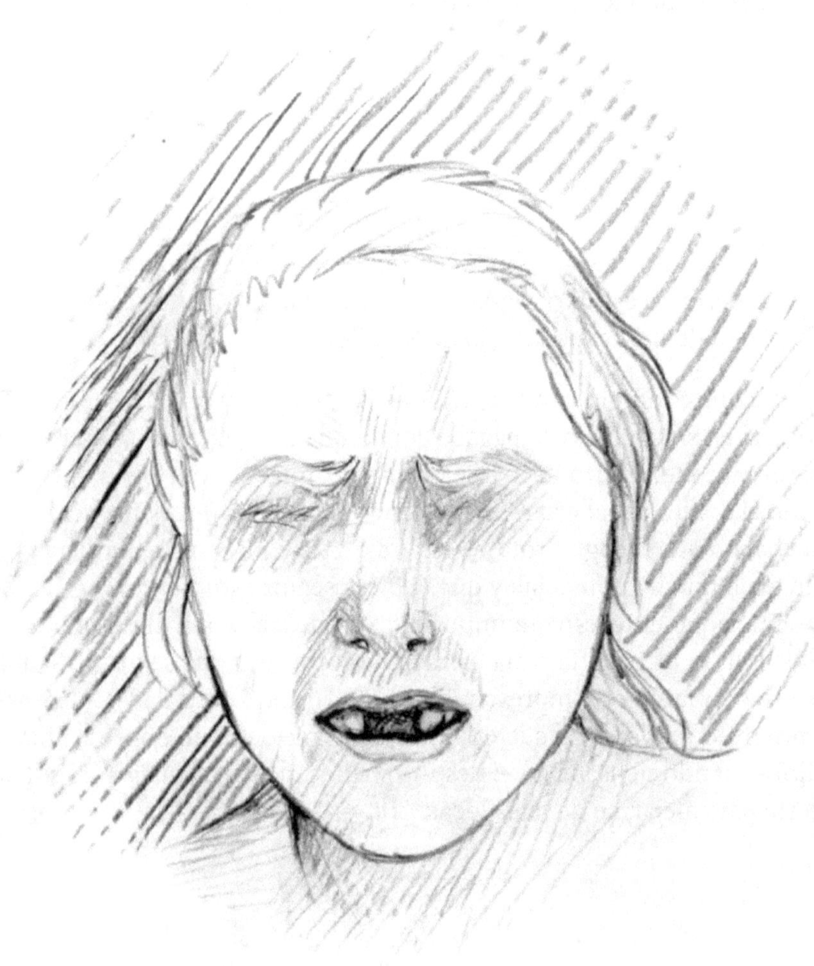

CAPÍTULO 26

EL RECHAZO

En octubre de 1946 me avisó mi tía que mi madre tenía problemas y necesitaba ver médico. El dueño del restaurante me aseguró que no me iba a reemplazar durante el tiempo que durara a enfermedad de mi madre, para que la fuera a ver.

En el viaje en autobús hasta el pueblo, mis pensamientos giraban en círculo. No habían dicho si era un hueso roto, o la tifoidea, o aun un golpe en la cabeza debido a una caída. Lo único que percibí en los ojos de mi tía cuando me lo dijo era furia.

Al entrar en el patio de atrás, encontré a mi abuelo Juan y la abuela María con los ojos fijos en mi madre, que recitaba palabras en una hoja de cebolla que había recogido y que tenía agarrada en la mano. .Al acercarse a mí, se le parpadearon los ojos. Me reconoció, pero vi que cerraba de nuevo los ojos al comenzar a rezar de nuevo, esta vez con el deseo de "curarme". ¿Qué debiera pensar? Me di cuenta al mirarle los ojos de mi madre, que había sucumbido al miedo; había estado mamado la brujería. ¿Dónde estaba sami padre? Mi abuelo me contestó que él le había hecho esto; que él era el loco, el débil, el que dejaría su marca en todos sus hijos. La abuela María me tomó de la mano. "No habrá rezos para quitarle a tu madre lo que tiene ahora," me dijo con tristeza.

Así que partimos, mi madre y yo, en un taxi. Ella se hablaba sola, y las lágrimas corrían por esa cara que yo había guardado en mis recuerdos. Esos recuerdos me consolaban cuando sentía la falta de cariño, que nadie me quería. Quería decirle que Ramón estaba enterrado al lado del camino por allí hace tantos años. Pero en el estado en que se encontraba, era capaz de pensar que debiera levantarle de entre los muertos. Al llegar a la casa de mi tía, le prohibió la entrada a su hermana. .Le recordó a mi madre cómo había dividido a la familia cuando volvió a aceptar a mi padre en su vida. "Ha aguantado tanto, y ahora quieres rechazarla como si fuera una leprosa," le dije. Trataba de no hacer caso de las lágrimas que corrían por mi cara. Quería perder esos sentimientos de desesperación.

Mi tío, un hombre de compasión, percibió que mi madre necesitaba protección de algo que él no veía, y abrió la puerta. Mi tía volvió en sus cabales. Todos nos dábamos cuenta de que había que tomar medidas para liberar a mi madre de lo que parecía una pesadilla.

El médico especialista llegó con su equipo. El proceso parecía durar poco. Le metió un objeto en la boca para que no mordiera la lengua, y colocó unos alambres en la cabeza. Me parece que le dieron una inyección. No temía por ella. Comenzaron el tratamiento y ella se movió espasmódicamente. Sabía que en este mundo moderno había mucho que yo no entendía. Se terminó el tratamiento y mi madre durmió durante muchas horas. Al despertarse, se le había despejado la mente. Me preguntó, "¿Por qué estamos en la casa de mi hermana?" Vi que los ojos se le habían vuelto a esa suavidad, y que estaba con nosotros de nuevo. Le expliqué el tratamiento increíble que se le había hecho; le habían dado un choque eléctrico. Describí la destreza sorprendente del médico. Ella le dio las gracias, pero percibía la vergüenza en sus ojos. Lo que yo había presenciado era un milagro, un milagro de la medicina; pero ella veía a sí misma como una mujer débil que había decepcionado a muchas personas. Ahora había traído otra desgracia a la casa Benavides.

Esa tarde oí decir a mi tía que nadie le iba a abrir la puerta a mi madre excepto el abuelo Juan, pero qué tipo de vida sería esa? Ella sabía que mi madre no era una loca, pero todos los del pueblo pensarían que había sido tocada por el diablo. Los del pueblo no iban a confesar ninguna responsabilidad por su condición. El rechazo y los rumores, mas el echarle la culpa por la desgracia de su hija, haría a cualquier persona perder los estribos. Sería una muerte apropiada para Israel Guerra que su cuerpo fuera arrastrado por el pueblo detrás de un caballo fuerte y agresivo. Así decía mi tía. ¿Como pudiera desear eso?

Me convencí de que no existen diablos y que no hay ningún infierno. A la mañana siguiente encontré a mi madre luchando para respirar. Tenía la boca de un rojo fuerte. A su lado había un bote vacío que había contenido algún tipo de ácido.. Había tratado de suicidarse al tragar el ácido, pero no era suficiente. La Cruz Roja llevó a mi madre a la estación de policía, donde hizo una declaración sobre la razón por la cual había tratado de quitarse la vida. Gritó, "¿No ven que quiero morir? Ustedes todos me consideran loca, pero no es cierto. No me lleven al hospital."

Claro que la llevaron al hospital, donde le alimentaron por las venas. Así que durante un mes me quedé con mi madre en el hospital, pensando que la medicina moderna pudiera curar cualquier enfermedad. Después de un mes los doctores me dijeron que no había nada que se pudiera hacer por ella, y que era mejor para nosotros llevarla de nuevo a su casa y a su familia.. Iba a morir, ya que el cuerpo estaba dejando de funcionar debido a la falta de nutrición, y el espíritu estaba debilitándose. El choque al cerebro la había vuelto a la realidad, y la brujela ya no tenía poder sobre ella. Pero el dolor causado al saber que todos estaban conscientes del tratamiento la dejaría marginada, entre las sombras, hasta que muriera.

A pesar de todo, era hija de Dios. Esto le ofrecía algo de consuelo. Aceptaba su destino con resignación. Hicimos lo posible, al darle de comer con una cuchara, pero yo veía en los ojos que anhelaba la muerte, y que la abrazó cuando le llegó a los dos meses.

CAPÍTULO 27

DIJE, "ENCARA AL MUNDO", PERO NO ERA CIERTO

"¿Qué habré dejado para que se acuerden de mí?" me preguntó. "Tus hijos son tu legado," le contesté. Compartí con ella cómo Ignacio, el pastor, había pagado todos los tratamientos y que había buscado la piedra apropiada para su tumba. Hablamos de Graciela, la hija de Gertrudis, y de su curiosidad respecto al mundo que le rodeaba y su espíritu bueno.

Yo hablaba sobre partes de su propio espíritu que formaban parte de nosotros para que pudiéramos encarar al mundo con confianza y razonamiento. Alfonso era amable e industrioso, y perdonaba a todos. Israel era joven todavía y encontraba consuelo en el rancho. Por mi parte yo encontraba consuelo al ser un hombre privado, observando a los demás, pero sobre todo, nunca cansándome de oírle hablar del amor que me tenía.

Mi padre había estado buscando el perdón por lo que había ocurrido en el pasado. Mi madre quedó más tranquila al saber que la brujela y su familia se habían mudado del rancho. La expiación de mi padre no la había encontrado en el hechizo que finalmente había descubierto. Volvería a poseer sus tierras y se casaría de nuevo. La idea de que otra lo abrazara y compartiera sus sueños sólo significaba que su escape de este mundo no podría ser bastante pronto.

¿Cómo quería yo recordar a mi madre? Constituía la esencia pura del amor. Hizo tolerable mi existencia. Me dio partes de sí misma, la intranquilidad, la necesidad de encontrar las soluciones para mis interminables preguntas. Era una mujer increíble, rodeada de gente y en un tiempo en que era condenada por proteger a su familia, aun cuando se le había robado de su dignidad. Las circunstancias no la definían. Me demostraba que una mujer puede ser tan fuerte como un hombre.

Mi padre quería ver a mi madre antes de que ella muriera, pero el abuelo Juan estaba enfocado en una sola idea, la que era el echar a mi padre, sus tierras, y la malvada brujela al ardiente abismo. La muerte le llegó en un momento en que mi madre se encontraba rodeada de los que la amaban. Yo le coloqué la piedra sobre la tumba. No asistió ningún miembro de la familia Guerra, los parientes de mi padre. Seguro que pensaban que la mentira sería enterrada junto con mi madre.

❀❀❀❀❀

"Ésta es mi historia según lo que me acuerdo," y su padre se rió al limpiar su nariz roja con un pañuelo, ese mismo pañuelo deshilado con la cual había limpiado las mejillas a ella cuando lloraba por las desilusiones de niña,

No volveremos a la tierra nativa de mi padre, un pequeño pueblo mexicano. Ese sueño a la que me había atado no había prevenido nuestro progreso hacia adelante. Estábamos todos clavados en el tiempo.

"¿Nos encontraríamos clavados en el tiempo si México hubiera ganado la guerra contra los Estados Unidos de América?" preguntó él. Existen muchas respuestas a esa pregunta. Muchos hombres como su padre soñaban con las posibilidades.

131

EL QUEBRAR Y SANGRAR DE UN HOMBRE MACHO

Isabel Delia Gonzalez

Isabel Delia Gonzalez es una Autora Galardonada. Con su carrera en negocios, Delia logro tener su compañia en Fortune 500 por más de 20 años. Durante este tiempo, Delia demostro su abilidad de transformar los problemas criticos en mesajes concretos que resonaban en su audience para llevarlos a la acción. El ser una cuidadana en el medio corporativo sirviendo como miembro de una organización sin fines de lucro, Delia concentra sus esfuerzos en la comunidad a nivel global al construir puentes culturares vitales para traer paz, amor y armonia al mundo.

Como autora, González ha recibido importantes reconocimientos de los Premios Internacionales del Libro Latino por sus dos libros, Breaking and Bleeding a Macho Man en 2017, y El quebrar y sangrar de un hombre macho en 2019. Los Premios Internacionales del Libro Latino son uno de los cinco premios literarios más grandes en EE. UU. y los más grandes premios de libros diversos en el mundo.

Sus experiencias en negocios internacionales, le provee acceso a ejecutivos y consulados internacionales para lograr coordinar eventos importantes en paises como China, Alemania, España, México, Brasil y Venezuela.

Su conocimiento en mercadeo, relaciones publicitarias y diversas aplicaciones technologicas le ha provehido los medios para tener exito en sus relaciones de negocios a nivel corporativo y con goviernos fuera de Estados Unidos.

Delia ha luchado por 30 años para defender los derechos de estudiantes de primaria a universidad para que puedan registrarse en un segundo-idioma en Estado Unidos. Además de apoyar a estudiantes para conservar su idioma natal, Delia promueve el aprendizaje del idioma Inglés para facilitar la participación tanto en Estados Unidos como a nivel mundial.

Delia fundo Scribbler Company para defender a aquellos que sufren de problemas mentales. Cook County in Illinois, Los Angeles County y Rikers Island in New York son los provedores más grandes de servicios para la salud mental en Estados Unidos pero se prestan indifirentes y faltos de empatia por las personas con esta enfermedad. La indiferencia por parte de estas organizaciones desarrolla la necesidad de entender que este es no solo un problema mundial pero tambien un problema civico.

Delia forma parte de Empowering Speakers Bureau y participa con temas de importancia sobre la salud mental, estudios sobre las mujeres, y educación infantil.

"Por la falta de empatía de muchos políticos a nivel mundial, el sistema de salud mental esta fracturado si esque aún hay servicios. Aún con la falta de empatía, hoy existen tres mayores provedores de servicios de salud mental en Estados Unidos: Cook County in Illinois, Los Angeles County and Rikers Island in New York."

El quebrar y sangrar de un hombre macho

Nacida en México, Isabel Delia González ha basado su novela ficticia sobre sus observaciones de hombres que creen que el machismo es la marca del valor. Han sido acondicionados a creer que la valentía es más importante que la vida misma. ¿Cuáles son las consecuencias de este acondicionamiento?

Esta historia corresponde tanto a nuestra época como hace 200 años atrás. La historia de las tragedias y los éxitos será contado por un viejo a su hija.

La historia del viejo, comenzando en el año 1928, tiene lugar durante los últimos años de la Revolución Mexicana, cuando una madre le dice a su hijo joven que su destino no es ser granjero, como lo ha sido toda su familia, sino un hombre de conocimiento. ¿Eran sus ideas sobre el destino el resultado del color claro de la piel del joven? El conflicto interior de la historia de este hombre resulta del amor incondicional de su madre y las fuerzas destructivas de su padre.

Siempre rodeado de supersticiones y el acondicionamiento cultural del machismo mexicano, el hijo no puede más que observar a la gente que se convierte en monstruos, la contaminación de la religión, las influencias de la hechicería, los horrores del incesto, la subyugación de las mujeres sin sueños, y las mentiras sobre la "modernización" de México.

¿Cuáles eran las consecuencias para este viejo de su ser emocionalmente un prisionero solitario? ¿Cómo podría protegerse de las fuerzas de su ambiente, luchando contra la locura? ¿Era la realidad, este mundo interior? ¿Qué percibía en él el mundo exterior?

Conforme a sus distorciones, todos los que vienen en contacto con él se hacen parte de su mundo machista.